ご隠居は福の神 1

井川香四郎

時代小説

二見時代小説文庫

目次

ご隠居は福の神 1

第一話　世のため人のため

一

真っ赤な朝焼けが、小名木川《おなぎがわ》を眩《まぶ》しいくらいに燦《きら》めかせている。

この川沿いには、大きな屋敷が建ち並んでおり、川舟人足たちが蔵に荷物を運び入れたり、出商《であきな》いが歩き廻って、江戸の朝が始まっているのだ。

本所《ほんじょ》・深川《ふかがわ》と呼ばれる一帯は、隅田川《すみだがわ》の東側にあり、江戸湾《えどわん》と竪川《たてかわ》に挟まれる下町情緒溢れる所だが、意外と武家屋敷が多かった。しかも、御三家や大名、幕閣などの身分の高い武家の下屋敷が揃っていた。

上屋敷は江戸城周辺にあり、特に将軍の家臣である旗本の屋敷は番町《ばんちょう》に集まっていた。登城や警備に便利なように、いわゆる外濠《そとぼり》の内側にあったのだが、高山《たかやま》家は旗本でありながら、深川に屋敷があった。

旗本といっても、わずか二百石取りである。一応、名目の領地が上総一宮《かずさいちのみや》にあって、その周辺の六ヶ村《そん》から俸禄を受けている。二百取りというのは、旗本としては最低とはいえ、三百坪ほどの屋敷である。

その朝日が射す冠木門《かぶきもん》から、小者《こもの》風の男が深々と頭を下げて、

「長年、お世話になりました。お名残《なご》り惜しゅうございますが、国元で暮らしとう存じます。本当にありがとうございました」

と見送りに出てきた、まだ二十半《なか》ばの若侍に別れを告げた。

「半助《はんすけ》……色々と苦労をかけたな……結局、何の役職にも就けず、情けない主人であったな……申し訳ない」

「とんでもありません。元服前に、お父上が亡くなってから、殿は苦労なされた。いえ、苦労を買いすぎたと申しましょうか……」

最後の方は言葉を濁したが、財政難なのか、ふたりとも暮らし向きは豊かそうではなかった。それで奉公人に暇《いとま》を出しているということが、傍目《はため》にも明らかだった。

「済まぬな、餞別《せんべつ》もろくになくて……」

「何をおっしゃいます。三十文というのは、私には十分でございます。三途《さんず》の渡しを

五回も渡れます」

「………」

「冗談ですよ。ちゃんと生きていきますから、ご安心下さいまし」

半助は無理に笑顔を作ったが、殿様と呼ばれた若侍は深刻そうな顔で、

「本当に済まぬがな、半助……」

と言いかけると、すぐに半助は巾着《きんちゃく》を取り出して金を返そうとした。

「違う、違う。そうじゃない……実は、菊川橋《きくかわばし》を渡って、ちょっと先の柳原《やなぎわら》三丁目に、小さな足袋《たび》屋がある」

「あ、いえ。足袋なんぞ、私は……餞別はもう……」

「だから、そうじゃない。その足袋屋は一本一本、針で丁寧《ていねい》に縫《ぬ》うてるのだが、職人の伊助《いすけ》というのが、目が見えなくなったとかでな……あまりにも哀れだから……まだ娘も幼いのだ」

若侍は脇差しを差し出して、これを売ってやってくれと頼んだ。

「殿……そういうことばかりするから、お金がなくなるのです」

「これを最後の奉公と思って、頼む……な、よしなにな」

半《なか》ば強引に脇差しを押しつけて、若侍は軽く頷《うなず》いた。半助は仕方がないという顔に

なったが、もう一度、深々と頭を下げてから、朝日が射す方へ向かうのだった。

「あ、半助。俺からだと言うてはだめだぞ。よいな、半助」

半助は振り返って、分かってますと礼をして背中を向けて立ち去った。

ふうっと短い溜息をついて、若侍は玄関に戻ろうとして、門に掛けてある『高山』という表札が目に入った。少し傾いているのを、まっすぐに直してから、部屋に戻った。

幕臣には、旗本と御家人という格がある。旗本は御目見《おめみえ》以上で将軍に会う資格があるが、御家人は御目見以下である。とはいっても、高山――和馬《かずま》――というのだが、この若殿は未だに上様に会ったことがない。それどころか、式日であっても、江戸城中にも入った経験がない。つまり無役なのである。

無役の旗本や御家人のうち、三千石に満たない者は〝小普請組《こぶしんぐみ》〟に組み込まれた。江戸城の二ノ丸や三ノ丸、城門や高石垣、濠などの修繕に際して、石高《こくだか》に応じて人足を出さなければならない。が、実際は人ではなく、百石につき一両二分の小普請金というのを払っていた。

二百石取りといっても知行取りだから、四公六民《しこうろくみん》で、俸禄は八十石。ざっくり一石一両だから、年収八十両ということだ。しかし、小普請金は、二百石に対してかかる。

とはいえ、一両あれば、親子四人が一月《ひとつき》暮らせるというから、江戸町人の六年分の実入りだ。

ここから奉公人たちに給金を払わねばならぬから、自分自身に沢山《たくさん》残るわけではない。旗本には軍役があって、二百石取りなら八人の兵を出さねばならぬ。しかし、泰平の天保《てんぽう》の世、八人も兵を抱える必要もない。とはいえ、少なくとも徒　侍《かちざむらい》を二、三人と中間《ちゅうげん》もふたり、下働きの女をひとり入れて、五人は養わなければならない。

だが、高山和馬の場合、人様に恵みすぎて、自分が貧乏になっているのだ。傍から見たら、バカである。

よって、供侍も中間も、下働きの女もいなくなって、とうとう先代から仕えてくれていた小者の半助までを失ってしまった。

畳にごろんとなって天井を眺め、柱に凭《もた》れて、何もない殺風景な部屋を見廻した。

これから寒くなるから、火鉢が一個あるだけだ。

屋敷はコの字型の廊下に沿って、八畳間のみっつ続き、他にも十二畳、六畳と四畳半がふたつある。一人暮らしには広すぎる。門脇には長屋があって、本来、中間部屋だが物置になっている。裏手に石の蔵があり、屋敷は海鼠塀《なまこべい》で囲まれている。

小身《しょうしん》の旗本とはいえ、庶民に比べれば、贅沢《ぜいたく》な建物である。もっとも、これはあくまでも将軍からの借り物であるから、土地や家屋敷まで処分して金に換えることはできない。

「――はあ……」

また溜息をついたときである。

「ごめん下さい」

と玄関から声がかかった。

「なんだろう。また押し売りか何かかな」

和馬は押し売りに弱く、いらぬ物でもつい買ってしまうことがある。汗水流して売り歩いているのが、可哀想《かわいそう》に思えるからだ。

出てみると、大工職人風の男がふたり立っている。親方風のでっぷりとした中年と、見習いという感じの若い男だ。

「おはようございます。今日も冷えやすねえ」

親方風は白い息を手に吹きかけて、

「前から時々、お武家様の屋敷の前を通ってたんでやすがね、屋根の軒下《のきした》……あれ、腐ってやすね。今のうちに直した方がようござんす。冬になったら湿気でまた腐りやすいし、雨なんかが吹き込むと天井から雨漏りして、せっかくのお屋敷が台無しになりやす」

と丁寧に話した。

表に出て振り返って見ると、たしかに軒下の板が所々めくれていて、弱い風にもひらひらと動いている。

「放っておくと、春には蜂なんかが巣を作ったり、夏には蝙蝠《こうもり》が入り込んで、厄介《やっかい》なことになりやす」

「厄介なこと、な……」

「へえ。ちょいと気になりやしたもんで、へえ……あ、別に、あっしらに仕事をさせろって言うんじゃありやせん。前々から気になってたもんで、お節介《せっかい》で申し訳ございやせん」

「お節介……厄介にお節介……」

腕組みになって考えていた和馬は、軽く苦笑をすると、

「人のお節介は素直に受けておくものだ」

「は……？」

「なに、私がいつも思っていることだ。小さな親切、大きなお世話。どっちも人の世には大切なことだからな」

なんだか嬉しそうに、和馬は手を叩いた。

「折角《せっかく》だから、頼むとしよう。棟梁《とうりょう》、名はなんという」

「棟梁ってほどでは……あっしは角蔵《かくぞう》で、こいつは見習いの太助《たすけ》です」

「そうか。では、よろしく頼むぞ」

「たしかに、頼まれましたよ」

和馬の依頼を受けて、早速《さっそく》、角蔵と太助は手際よく軒下に梯子《はしご》や踏み台などを置くや、既に持参している杉板などを慣れた手つきで打ちつけ始めた。ものの四半刻《しはんとき》もしないうちに綺麗《きれい》に仕上がった。

「さすがは、腕利きの棟梁だな……いやあ、見事だ……」

感心して見上げている和馬に、角蔵が渋い顔になって、

「旦那……軒下の割れ目から、屋根裏とか梁《はり》なんかも見てみたんですがね……かなりの間、手入れしてねえでやしょ」

「え……ああ、まあな……」

「蜘蛛《くも》の巣が張るのは益虫だからいいとしても、天井板もほとんど腐りかけてて、百足《むかで》なんかも結構、いやすぜ。見てみますか、俵藤太《たわらとうた》の近江《おうみ》三上山《みかみやま》の〝大百足退治伝説〟に出てきそうな、凄いのがいやすぜ」

「そうなのか？　そういえば、たまに天井から落ちてきて這ってたような……」

「でやしょ。暗くて湿った所が大好きなんですよ、百足は……じゃ、これもちょいと手を入れておきやすね。檜《ひのき》とか竹から取れる油や薬草も嫌いだから、ばら撒いておきます」

「いや、助かった。俺の先祖は、俵藤太……つまり藤原秀郷《ふじわらひでさと》らしいのだが、百足とか蚯蚓《みみず》とか、蛇とかは大の苦手でな」

「それじゃ、八岐大蛇《やまたのおろち》の退治も無理でやすね、へへ」

角蔵は軽口を叩きながら、これまた手際良く作業を終えると、屋根から床下、柱や土台、さらには石蔵なども見て廻りながら、悪い箇所を指摘した。ちょっとした地震で傾くとか、野分《のわき》で飛んでしまうとか、火事になると火の廻りが早いとか、不安を煽《あお》った。

「そんなに酷《ひど》いのか……」

気が滅入る和馬だが、角蔵は深刻そうに頷いて、

「今日明日でできる様子ではありやせん。また出直しやすが、もう少し詳しく見ておきたいので、屋敷を見せて貰っていいですか」

「ああ、いいとも。折角だから、よろしく頼む」

角蔵と太助はさらに屋敷内を、厨房《ちゅうぼう》から七つ八つある部屋をぐるりと巡り、錠前を開けて石蔵の中にも入って様子を見て廻った。

「――見事に何にもありやせんね……」

太助が思わず声を洩らすと、

「そんな訳はねえ。貧乏なふりをしてるだけで、しこたま貯め込んでるんだ」

と角蔵は確信をもって言った。

「ですかねえ……」

「ほら、ちゃんと探せ。何処《どこ》かに大きな壺なんかを隠してて、その中には大判小判がざっくざく、に違いねえ」

「なんで、そんなことが分かるんで」

「俺は、何度も見たんだよ。町中で困っている人たちに、惜しげもなく小判や高そうな飾り物とか、金銀の作り物とかをよ」

「本当ですかい」

「ああ。余裕がなきゃ、できめえ。なんだかんだって、二百石の御旗本だ。絶対に、しこたま蓄財してやがるんだよ」

ふたりは大工仕事の下見《したみ》のふりをしながら、金目の物を探し続けた。

だが、一刻経っても二刻経っても、米粒ひとつ出てきやしない。呆れ果てたふたりは、すっかり草臥《くたび》れて、石蔵の片隅で座っていると、和馬が盆に載せた立派な湯呑み茶碗を運んできた。

「ご苦労さんだね。やはり、悪い所は沢山あったかな。さ、どうぞ」

勧められるままに、太助が湯呑みを手にして飲むと、

「さ、白湯《さゆ》じゃねえか、こりゃ」

と思わず声を上げた。

「茶の葉が切れておってな。粉茶もない。だが、厨房には薪《まき》と炭《すみ》があったので、井戸水を沸《わ》かした。井戸水っても、水道《すいと》の水だ。美味《うま》いものであろう」

「……まじか」

太助はもうやってられないと呆れ顔になった。その頭を、角蔵はバシッと叩いて、美味そうに白湯を飲み干し、

「では、旦那。今日のところは、このくらいにしときやすが……屋根板や床下なんぞを見ましたので、締めて一両……」

と言った。

大工の日当が二百五十文から、三百文くらい。多くて五百文くらいだから、ぼった

くりもいいところだ。が、和馬は困ったような顔になるわけではなく、

「さようか。済まぬな。〝冬切米《ふゆきりまい》〟が間もなく出ると思うが、それまでは一文もなくてな」

と袖を振ってみせた。

〝冬切米〟とは、旗本と御家人が幕府から貰う切米のことである。米をすべて現物で支給されても困るので、実際に食べる分以外は、金納して貰う。一度にすべて受け取るわけではなく、春と夏にそれぞれ四分の一、冬に二分の一と、三度に分けて受け取る。本来、石高取りは自分で処分するが、札差《ふださし》に頼んで俵禄取り同様の処理を受けていた。

「旦那……そりゃ、いけやせんや……人に物を頼んどいて、只働きですかい。たしかに、『頼みましたよ』っておっしゃいましたよね、旦那はたしかに」

「ああ、言った。金はないが、何か礼をせねばならぬと思ってな、なんとか、それで勘弁してくれ」

「それって……白湯ですかい？ 冗談じゃありやせんよ」

「茶碗だよ。京の名人、野々村仁清《ののむらにんせい》の手による物だから、ひとつ二、三両にはなる。それで何とか、他の悪い所も修繕してくれ」

「の、野々村仁清……そういや、この柄《がら》は、梅《うめ》ですかい？」

「藤《ふじ》だよ。でも色遣いが綺麗だろう。嘘だと思うなら、箱書きも付けてやるから、今日のところは、それで頼む。今日のところは、京の茶碗で……あはは」

自分で駄洒落《だじゃれ》を言って、自分で笑った。

——もしかして、こいつは……。

と角蔵が自分の頭を指で指して、くるくると廻した。噴き出しそうになった太助だが、そこはじっと我慢をして、立派な茶碗を箱に詰めてもらい、屋敷を後にするのだった。

二

深川の猿江《さるえ》御材木蔵とは、幕府の普請用の材木の貯水池のことである。水質がよくて木材の品質が落ちなかったというが、享保《きょうほう》年間に埋め立てられ、ただの貯木場となった。

猿江町は、小名木川の新高橋《しんたかばし》から、東の北畔《ほくはん》に広がる町で、西は大横川《おおよこがわ》が流れている。この周辺には田畑が広がっており、江戸とは名ばかりで、百姓も多かった。だが、小名木川を挟んで、御三卿《ごさんきょう》・一橋《ひとつばし》様の屋敷があり、他に老中・若年寄などの下屋敷もあり、大横川沿い竪川沿いには民家が並んでおり、大勢の人々が暮らしていた。

その御材木蔵の近くの一角に、幾つかの貧乏長屋がある。長屋の木戸口には、大抵、大家や住人の名前が記されているが、出入りが激しいせいか、いずこも長屋名すらなく、寝たきりの病人が多いせいか、活気もなかった。

ここ上大島町《かみおおしまちょう》には、藪坂甚内《やぶさかじんない》という〝儒医《じゅい》〟がいた。儒医とは、天保年間に増えたのだが、儒学と西洋医学の両方の知識を持った医者のことで、医は仁術を実践していた。

診療費や薬代がいらない官立の療養所というのは小石川《こいしかわ》養生所しかなく、多くの町医者は寄付によって賄《まかな》っていた。幕府やどこかの藩の御殿医《ごてんい》として勤めながら、町場にて診療する医師もいたが、暮らしぶりが裕福なのは、ほんの一握りであった。

藪坂家はこの地で代々、町医者をしているが、甚内が幸運だったのは長崎《ながさき》代官所に奉公している親戚がおり、西洋医学を学ぶために留学することができたことである。内科に相当する本道《ほんどう》と外科に当たる外道《げどう》を極めた上で、麻疹《ましん》や天然痘《てんねんとう》という伝染病も十分に学んできた。ゆえに、一見、風邪《かぜ》に見紛《みまご》うような病《やまい》でも、実は大病であることを、早目に見つけることができた。

その評判があるから、藪坂を中心に、三人ばかりの若い医師と介護役が数人いる『深川診療所』には、連日、病気や怪我をした患者が押し寄せていた。古寺を改装して、入院もできる診療所にしているのだ。

今日も訪れている患者の中に、継《つ》ぎ接《は》ぎだらけの着物に、指はあかぎれという如何《いか》にも貧しい姿の中年女が診察を受けに来ていた。ずっと小さな咳《せき》を繰り返している。

これまでもオオバコやヨモギなどを煎じた薬を処方していたが、あまり良くならない。かといって、肺病や伝染病の疑いは少ないと、藪坂は思っていた。

「──どうしてでしょうねえ、先生……と、特に、夜中に出るようになって……亭主を起こすどころか、隣近所の人たちに迷惑をかけてしまい申し訳なくて」

女は、お豊《とよ》といって猿江御材木蔵近くの長屋の住人だ。亭主は大工をしているという。お豊はその名のとおり、ふくよかな顔や体つきだったが、この半年ぐらいで急に痩せた。

もしかして、何処かに悪い出来物でもできたのかと思い、色々と調べてみたが、藪坂をしても判断はつきかねた。だが、爪や舌先、白目の部分などを見ていると、何か毒物でも飲んだのではないかとさえ感じていた。

「近頃、鼠《ねずみ》捕りなんかを間違って口にしたなんてことはないか」

藪坂が尋ねると、お豊は思い当たる節があるのか、頷きながら答えた。

「石見《いわみ》銀山ですか……たしかに長屋には溝鼠《どぶねずみ》がよく出るので、大家さんが仕掛けたことはありますがねえ……」

「うむ……他に河豚《ふぐ》とか毒茸《どくたけ》とかを食べたことはないか。手先が少し震えてるが、痺《しび》れなどもあるのか」

「いいえ。でも、時々、吐き気がします」

「吐き気、な……下痢《げり》はどうだ」

「食欲があまりないのですが、水を飲みすぎたりすると時々……」

お豊の症状を受けて、鎮咳《ちんがい》や下痢、吐き気に効く漢方薬を処方して、しばらく様子を見ることにした。

「――先生……私、このまま死んじゃうんでしょうか……」

「バカなことを考えるんじゃない。私も頑張るから、とにかく気をシッカリとな」

病は気からがほとんどだと、藪坂は思っている。免疫力の概念は当時もあって、笑いが少なく意気消沈することが続くと、邪気が侵入してくると思われていた。

邪気といっても、西洋医学を学んだ藪坂は、天然痘などの〝苗《なえ》〟という細菌の存在を知っていた。もしかしたら何らかの細菌が、悪さをしているのかもしれないと危惧していたのだ。病には必ず原因があって、その原因が免疫力を衰えさせることによって、体調を悪化させると考えていた。

続いて診察したのも、似たように小さな咳が続くという老人であった。

どこぞの大店《おおだな》の隠居であろうか。袖無《そでな》しに野袴《のばかま》を足下で絞り、かくしゃくとはしているが杖《つえ》をついている。頭には茶人か俳人のような被《かぶ》り物を載せており、髭《ひげ》や鬢《びん》はすっかり白かった。

「――お初にお目にかかります……ごほごほ……年は取りたくないものですなあ」

一見、弱々しそうに見えるが、声の張りなどは意外に強く、ゆっくりとだが、しっかりと話した。少し鼻声なので、藪坂は風邪ではないかと言った。急に寒くなって雪がちらつくほどだからだ。だが、隠居風の老人は首を振りながら、

「今のご婦人の話を聞いてましたが、私も同じではないかな……そう思いましてな。咳が続くし、水を飲めば下痢となる……いやはや、何か悪い邪気でも吸い込みましたかな」

「年は幾つです」

「還暦《かんれき》を過ぎてからは数えておりませぬが、もうすぐ古稀《こき》だと思います、ははは」

「それで、これだけ壮健ならば、風邪なんぞ吹っ飛ばしますぞ」

藪坂も笑って返してから、初診であるならば、名前や住まい、育った環境や既往症なども知っておきたいので、脈を取ったりしながら問診を続けた。

「ご隠居様でよろしいですかな。お名前はなんとおっしゃいます」

「吉右衛門《きちえもん》と申します」

「きちえもん……さん。歌舞伎《かぶき》役者みたいですな」

「若い頃はよく役者と間違われました。なかなかの色男でしてな、はは」

「今でも十分……で、お住まいは？」

「それが……」

「無理に言わなくても結構ですが、できれば知っておきたいのです。何かあったときには、駆け付けていきますので」

「これはありがたいこと。さすがは名のある儒医先生でございますな……実は、倅《せがれ》に追い出されましてな。無宿同然なのです」

そうは見えなかった。あまりにも小綺麗にしているからである。藪坂は穏やかな目で眺めてから優しく言った。

「では、今日のところは聞かないでおきましょう。絶対に日本橋《にほんばし》か何処かの大店のご隠居さんに違いないと思いますがね」

「ならば、もっと名医といわれる所に、金を積んででも行きます」

「さようですな。では、うちに来たのは何か他に狙いがあってのことですか。咳も下痢も嘘でしょう。見れば分かります」

「さすが名医。仮病と見抜きましたな」

大きな口を開けて笑う吉右衛門を……いや吉右衛門が本当の名前かどうかも分からないが……藪坂は呆れて見ていた。暇な裕福な老人が、物見遊山《ものみゆさん》がてらに気紛れに診療所を見に来たのかもしれないと思った。

――ならば、寄付でも頼んでみるか。

と思い立って、藪坂がそのことを話そうとしたとき、

「先生。また、こんなに……！」

仰天《ぎょうてん》したような声を上げながら、若い医師が手文庫を運んできた。藪坂の前にドンと置いて蓋《ふた》を開けると、そこにはギッシリと小銭が入っていたが、その上に小判が十枚ほど載っていた。

「賽銭箱《さいせんばこ》に入っていたのです」

破《や》れ寺ではあるが、本尊の阿弥陀如来《あみだにょらい》はあるので、近在の者が参拝して賽銭箱に投げ入れていくのだ。だが、年に二度、いっぺんに十両の小判が入っていることがある。

同じ人物なら二十両も払っていることになる。

たまに大店が二、三両寄贈してくれることがある。が、名乗りもせず、ここまでの大金をポンと投げ出すのは、よほど金が余っているか、悪いことをして稼いだ免罪符《めんざいふ》代わりかと想像した。

「ほう……これはまた奇特《きとく》な御仁がいるのですなあ」

吉右衛門が感心して見ていると、藪坂はハッと見やって、

「もしかして、ご隠居がこれを……？」

と訊いた。

「私には、そんな余裕はございませぬ。見てのとおり、ただの年寄りでございます」

そう言って、膝に手を突きながら立ち上がって礼を述べると、壁に立てかけていた杖を持って去っていった。

本堂から山門まで繋がるほど、客が繋がっている。それを見ながら、吉右衛門は寂しげな目になって、ぽつりと呟いた。

「——世の中には、こんなに病人がいるのに、ご公儀は放っておくのですな……世知《せち》辛《がら》い世の中じゃて」

何処に行く当てもなく歩いて、猿江御材木蔵の方に向かう橋を渡ろうとすると、ひ

とりの羽織に着流しの若侍が佇《たたず》んでいた。思い詰めたような顔で、川面を見ている。

その若侍を、川端から、ならず者風の男が三人、じっと見ていた。

「あいつだぜ……噂どおり、よほど余裕があるのだろうな」

「ちょいと脅してやるか」

などと話しながら、若侍に近づいた。

「こんちは、旦那……たしか、お旗本の高山様でしたよね」

声をかけられて振り向いた若侍は、高山和馬である。

「さようだが、なんだ？」

「もし、良かったら、あっしらにも、ちょいと恵んで貰えませんかね」

「何をだ」

「金ですよ……見てたんですよ。そこの寺の賽銭箱に、小判を何枚もこっそり入れてたのを……だから、あっしらにもお裾分けを」

「さあ、知らぬな。それに金があっても、遊ぶ金はやらぬ」

和馬が言ったとたん、ならず者たちは匕首《あいくち》を抜き払い、前後から挟み撃ちで威嚇した。

「いいから財布を出しやがれ。こちとら、侍なんざ怖くねえんだ。おう。どうせ、おまえらみてえな小普請組は、只飯食らいも同然じゃねえか、ええッ」

「そう言われれば、そのとおりだな」

「さっさと出せ！」

兄貴格が匕首を鋭く突きつけると、和馬は本当にびっくりして後ろに下がった。

「それとも、その刀を抜いて斬り捨て御免か。上等じゃねえか、やってみろ」

鋭い声で脅すと、和馬は後退《あとじさ》りしながらも、

「だから、持ち合わせがない。ぜんぶ、賽銭箱に入れた」

「嘘をつくな。財布にはまだ金が残ってるはずだ。俺たちゃ、見てたんだよ！」

激しい勢いで匕首で突くと、和馬は図らずも仰向《あおむ》けに倒れてしまった。それに馬乗りになろうとした相手に、和馬は咄嗟《とっさ》に刀を抜き払った。

あっと飛び退ったならず者たちだが、突然、大笑いをした。

「おい。こいつの刀、竹光《たけみつ》だぜ、あは」

兄貴格が匕首で弾き飛ばすと、馬乗りになって、和馬の顔を二、三発、殴った。

「痛い痛い、乱暴はやめろ」

と和馬は叫んだが、喉元に匕首を突きつけられた。

そのときである。

「助けて、助けて下さいまし！」

大声を発しながら、吉右衛門が老体を踏ん張るようにしながら近づいてきた。

「そのお侍は、私の親戚筋の者です。どうか、どうか、ご勘弁を」

と言いながら突進してきて、小石に躓《つまず》き、前のめりになって、ならず者のひとりに倒れかかった。思わず避けようとしたならず者の方に、吉右衛門はわざとぶつかった。

「うわっ！」

勢い余って、ならず者のひとりは欄干《らんかん》もない橋から川に落ちた。

「何しやがる。爺《じじ》イ！」

もうひとりのならず者が摑《つか》みかかろうとすると、杖の先を相手の足の甲に突き立て、そのまま足払いした。そいつも均衡を崩して、川に落ちた。

「やろう！　こうしてやる！」

馬乗りになっていた兄貴格が和馬を匕首で刺そうとした。すると、「えいや」と丁度、巴《ともえ》投げのような形で、和馬が川に放り投げた。

三人のならず者は叫びながら文句を言っている。そのうちのひとりは水練が不得意のようで、溺れかかっていた。

その川面は、米糠《こめぬか》を流したように白濁していて、鯉《こい》や蛙《かえる》、鼠などがぷかぷか浮いて

いる。そんな川面を悲鳴を上げながら必死に泳いでいるならず者たちを見て、

「さあ。今のうちに逃げましょう」

と吉右衛門が声をかけると、和馬もスタコラサッサと走り出すのであった。

三

立派な屋敷に連れて来られて、門に入ったとたん、吉右衛門は驚いた。

「本当にお旗本だったのですな……いや、奴らの脅し文句が聞こえたもので」

「かたじけない。助かった」

改めて、和馬は礼を言ったが、吉右衛門は笑って、

「私も、ああいう手合いは大嫌いでしてな。年甲斐もなく思わず……」

「いやいや。見事だった。こっちは、竹光を見せて恥を掻いた」

「本当の武芸者は真剣は持ち歩かぬそうですな。真剣であっても刃は研《と》がずにいるとか。相手を怪我させぬために」

「いや、俺は剣術の方はちと苦手《にがて》でな、小さい頃から、町人の子供らにも、虐《いじ》められてばかりだった……仕返しが怖いなあ」

「大丈夫でしょう。しばらくは病で苦しむかもしれませぬぞ」

「え……？」

「あんなに、ガブガブ、あの川の水を飲んだのですからな。いや、どっぷり浸かったから、肌が爛れるかもしれませぬ」

吉右衛門の言うことを、和馬は不思議そうに聞いていた。

「肌が爛《ただ》れる……？」

「はい。あの白い水に触れて、櫨《はぜ》に触れたようにかぶれたり、火傷《やけど》をしたようになったりする人がたまにいるのです……高山様も、あの川面を見て感慨に耽《ふけ》っていたのは、その事を考えていたのではないのですか」

「いや、俺は……ただボーッとしていただけだ。またやらかしてしまったと」

和馬は肩を落として、長い溜息をついた。

「──冬切米が入ったので金に換えたばかり。なくなる前にと思って、藪坂先生の所にこっそり寄付したのだが、毎度のことながら、ちと奮発しすぎたかなあと」

「やはり、あの十両は、あなた様が……」

「悪い癖でな。可哀想な人々を見ると、ついつい……でも、他にも困っている人は沢山いるから、取っておかねばならぬのだが」

「他の人のために取っておく？」

「ええ、まあ……」

また深い溜息をついて、和馬は軽く自分の頭を小突いた。

「さっきのならず者が言ったとおり、俺はまさしく只飯食い。小普請組という無役の旗本なのに、毎年、きちんと俸禄は入ってくる。無聊《ぶりょう》を決め込んでいるわけにもいかず、何か世の中のためにならぬかと思っていても、さして才覚もない。だから、貧しい人々や困っている人たちを見ていると、ついつい……」

「恵んでしまうのですな」

「──元々は、百姓が作った米だ。それを貰っているのだから、俺が損をするわけではない。困っている者たちに分け与えるのは、当然であろう」

「面白い考え方ですな」

「世のため人のために働け。我が家の家訓のひとつでありますれば」

わずかに語気を強めて、和馬は言って、自嘲《じちょう》気味に笑った。

「役人とは、人の役に立つ……だから役人と呼ばれる。なのに俺は無役だ。無役の者が、只飯を食っていては、先祖に申し訳が立たないので、せめて目の前の人だけは救いたい。その思いだけでござる」

「なるほど……若いのに立派なお考えです」

　吉右衛門は優しく微笑《ほほえ》みかけて、

「ですが、ただ恵むだけでは解決しないことも、世の中には沢山あるのでは？」

「そうかな。大体は金があれば、何とかなると思う。ある者が、ない者に与えれば、飢えから救えるし、病で働けない者も糧《かて》を得られるではないか」

「下手《へた》に金を貰って、人生が狂った人もいると思いますよ。たとえば、博奕《ばくち》に使ってしまって、さらに借金を重ねるとか」

「心がけの悪い奴がいることくらい、俺も承知している。だが、本当に心から腐ってる人間はほとんどいない。一分銀の金があれば死なずに済んだ者、心を入れ替える者、頑張って生きてみようと思う者……そういう人たちがほとんどなのだ。好きこのんで自棄《やけ》酒飲んでる奴はいない。いや、自棄酒飲む元気があれば、まだマシだ」

　俄《にわか》に熱弁をふるう和馬を見て、

　――この男にも昔は、何かあったのかな……。

と吉右衛門は感じたが、言葉にはしなかった。目の前のひとりを救いたいという思いは、よく分かるからだ。

「ご隠居……旗本が何人いるか知ってるか。五千二百人もいる。ほとんどは俺のような下級旗本だ。御家人に至っては、一万八千人近くいる。凄いだろ」

「ええ、まあ……」

「たしかに役所は色々と大変だし、役人がいないと世の中、成り立たぬこともある。だが、無役の者を雇っておく必要はない。〝いざ鎌倉〟などない泰平の世だ。その分を、民百姓に分け与えるべきだと思うがな」

「だから恵んでいるのですね。その気持ちはよく分かりました」

「そうか、だったら、それでいい……」

和馬は言いかけて、申し訳なさそうに吉右衛門を見て、

「あ、済まぬ。助けてくれた礼も渡さずに、講釈を垂《た》れて悪かった」

と棚にある手文庫に手を出そうとした。

「礼には及びませぬよ。その代わりといってはなんですが、握り飯ひとつと、今宵一晩、泊めてくれませぬか。実は、気紛れに家を出たのはいいけれど、泊まる所がないものでして」

「……ああ、それくらい構わぬが、何もないのだ、本当に」

「ありがたや、ありがたや」

吉右衛門は神仏に拝《へ》するように両掌《りょうて》を合わせて、がらんどうのような部屋を見廻

した。磨《みが》かれた仏壇だけが艶々《つやつや》しく、輝いているように見えた。

「それにしても、失礼を承知で言いますが、何もありませぬな」

「この屋敷に、ひとりで住むのも勿体《もったい》ないくらいだ。それでも、先日、屋根だの床下だの、色々と修繕して貰った」

「え……？」

「相当、傷んでおったらしくてな……天井裏には百足が沢山、いたそうでな」

「へえ、さいですか……」

庭に下りたり上がったりしながら、吉右衛門は訝《いぶか》しげに見廻していた。

翌朝――。

台所の方で、トントンと俎板《まないた》を叩く包丁の音がする。何かいい香《かぐわ》しい匂いもする。それで目が覚めた和馬は、慌てて飛び起きた。

何事かと急いで行くと、襷《たすき》がけをした吉右衛門が手際《てぎわ》よく、料理を作っている。すでに高膳には、魚の煮付けや根菜のおひたし、炊きたての白い飯が載せられていた。最後に、小鰯《こいわし》のなめろうを作っていて、味噌生姜《みそしょうが》で和《あ》えた小皿を置いた。

「そうか……ご隠居は、泊まったのでしたな……」

和馬が声をかけると、吉右衛門は振り返って微笑んだ。というより、いつも笑ったような顔をしているのだ。

「でも、こんな魚とか、どこで……」

「暗いうちから、物売りは幾らでも来ますよ。江戸っ子は、みんな働き者です……それより、随分、うなされておりましたぞ」

「えっ、そうなのか」

「はい。何かご無理をなさっているのではありませぬか？」

吉右衛門はそう言いながら、高膳を隣接した座敷まで運び、和馬の分は上座に据え、自分のは厨房の片隅に置いた。和馬は高膳の前に座って、

「いや、実に美味そうだ。こんな温《ぬく》もりのある朝餉《あさげ》はいつぶりであろうか」

「さようでしたか……」

「半助は料理が苦手《にがて》だったし、下女はもう何年もおらぬゆえな……おい、吉右衛門さん。こちらで一緒に食べよう」

「とんでもございませぬ。お武家様と食膳を共にするのは遠慮致します」

「堅いことを言うな。命の恩人だ。せめて、こっちの部屋で顔を見ながら、さあさあ」

和馬が立ち上がって手を引っ張りに来るので、吉右衛門は恐縮しながら、「では、お言葉に甘えまして」と下座に着いた。

吉右衛門は背筋をきちんと伸ばして、無駄話をせずに嚙みしめるように食べ始めた。沢庵漬《たくあんづ》けを嚙む音が響くほど静かだった。和馬も黙々と食べていたが、味噌汁をズズッと啜ってから、ふいに何かが込み上げてきて、

「私には幼い頃から、母がおりませんでした……なので、良く言う〝おふくろの味〟というのを知らない」

「――そうでしたか……ご病気かなにか」

「産後の肥立《ひだ》ちが悪く……とは聞いてましたが、本当は父上と気が合わずに、まだ乳《ち》飲《の》み子の俺を置いて出ていったとも……何処で何をしているのか、どういう女だったのかも、知らされておりませぬ。代わりに、お清《きよ》という乳母《うば》が大切に育ててくれました」

「…………」

「父上も私が元服前に他界し、乳母も同じ頃に亡くなって……」

兄弟もおらず、天涯孤独《てんがいこどく》の身だと付け加えてから、和馬は吉右衛門を見て、

「ご隠居は、店を息子さんに継いで貰って、悠々自適《ゆうゆうじてき》というところかな」

「ええ、まあ……」

曖昧《あいまい》に答える吉右衛門に、和馬は不思議そうに首を傾《かし》げ、

「人に言えぬこともあるのだろうな……俺も詮索《せんさく》するのは好きではない。気が済むまで、いて貰って結構。こんな美味い飯が食えるのなら、大歓迎だ」

と微笑みかけた。

食べ終えた吉右衛門は、座禅堂《ざぜんどう》で精進料理《しょうじん》を食べた後のように、綺麗に食器の縁を懐紙《かいし》で拭き取った。その仕草には、茶道で培《つちか》ったかのような丁寧さと品性が漂っていた。まさに、

——人は見ていなくても、天は見ている。

のを承知しているような所作《しょさ》だった。

和馬はその姿を見て、見習わねばならないと思ったが、ぐうたらが染み付いた暮らしゆえ、一朝一夕《いっちょういっせき》には真似できぬなと感じた。

「くどいようですが、近くの猿江御材木蔵脇の川ですがな、何故、白濁しているか、ご存じですかな」

唐突《とうとつ》に吉右衛門が言うと、和馬は困ったように首を傾《かし》げた。

「ええと……」

「昨日、ならず者が落ちた堀川《ほりかわ》です」

「ああ……隅田川ですら、米の磨《と》ぎ汁だらけで汚れてる。でも、それは江戸は何処でもあることであろう」

江戸の河川は元々、火山灰層から流れてくる土砂が黒っぽいので、川底も暗く見え、海岸も白砂ではないゆえ、美しいとは言い難かった。江戸を縦横に流れている掘割《ほりわり》は淀《よど》むことも多く、加えて長屋などから流れ出てくる米の磨《と》ぎ汁によって、白く濁っていた。

この磨ぎ汁によって、魚たちは育ちがよく、白魚《しらうお》などの良い漁場になっており、江戸の食卓にとっては、〝必要悪〟ともいえた。しかし、猿江の川は事情が違っている。

「どう違うのですか」

「白魚が育っておりますか？　私もまだきちんと調べたわけではないのですがね、猿江御材木蔵内には、銅吹所《どうふきじょ》があって、そこから流れ出ている廃液で濁っていると思われるのです」

「銅吹所……？」

「銭座《ぜにざ》が深川千田新田《せんだしんでん》にあることは、知ってますよね」

江戸時代の初めは、寛永通宝《かんえいつうほう》などの銭貨の鋳造は、幕府の認可による請負業者が行っていたが、元禄《げんろく》年間以降は幕府が銭座を作って製造や運営をしていた。そのため十万坪とも呼ばれる塵芥《じんかい》の埋め立て地に、銀座《ぎんざ》の監視の下に銭座が作られて、四文銭などの製造に当たっていた。

足尾《あしお》や別子《べっし》から届いた銅は、京《きょう》や大坂《おおさか》で精錬されることになっているが、深川の猿江御材木蔵の一角に銅吹所を作って、精錬していた。その工程で出てくるのが、鉛《なまり》や銀である。それが側溝《そっこう》などに流され、排水として川に出て沈殿《ちんでん》し、魚や蛙《かえる》などに悪影響を及ぼしていたと思われる。

だが、それを懸念《けねん》したのか、幕府は天保六年になって、深川での鋳造は一旦、取りやめ、金座後藤《きんざごとう》家の管理下で、浅草橋場《あさくさはしば》にて継続することとなった。同時に、天保通宝も作り始めている。

「もしかして……白濁しているのは、その銅吹所のせいだというのか」

和馬が問い返すと、吉右衛門はすぐに頷《うなず》いた。

「おそらく、そうです。今は淀んでおりますが、大雨が降れば江戸湾や隅田川などにも流れ出ます。御公儀はそれを知りながら、放置していた節があります」

「…………」

「なんとか、ならんでしょうか」

切羽詰《せっぱつ》まった顔で迫る吉右衛門に、和馬は困惑した。

「――そう言われてもな……」

「昨日、藪坂先生の診療所で、咳が止まらぬ女の病人がおりました。すぐ近くに住んでおります。似たような人も他にいるようです。たぶん、銅吹所の廃液が原因かと思います。だとしたら、止めねばなりませぬし、そのために病になった人には、看病代や治療費を幕府が払わねばなりませんね」

言い方は、ご隠居らしく穏やかだが、吉右衛門の内なる意志は強そうだった。

「ふむ。なるほど……つまり、銭を作るために、人が病になっているということか」

「そうともいえます」

「本末転倒《ほんまつてんとう》であるな。しかと調べてみる必要がありそうだな。よし、決まった」

別に尻を叩いたわけでもないのに、まるで吉右衛門の口車《くちぐるま》に乗せられたように、和馬は真剣なまなざしになって立ち上がった。

表門を出かかってから、「おや?」と振り返った。表札は傾いてないし、門が黒光りするほど磨かれている。戻って、軒下を見ると、先日、大工が修繕した辺りを含めて、綺麗な板に代わっている。屋根の上まではよく見えないが、ずれていた瓦《かわら》も直っていた。

「――あれ……さらに、綺麗に直ってる」

「その大工とやらは、騙《かた》りでしょう。適当に薄い板を張り付けてあっただけだし、天井裏には百足なんぞいませんぞ。そもそも、百足が好むような所ではありませなんだ」

「ご隠居が、見たのか」

「あなたが寝ている間に……少々、年寄りの腰には応えましたがな」

縁側の脇に梯子《はしご》が置いたままになっている。それを見て何かを言おうとした和馬に、吉右衛門は指を立てて、

「一宿一飯の恩義です。それより、やるべきことがあるのでは？」

「あ、そうだった」

和馬は勢いよく駆け出していった。

四

和馬は自ら、白濁した川に入って水を掬《すく》って取り出したり、死んでいる蛙や鯉、鼠の死骸を集めた。その懸命な姿を見ていると、吉右衛門は妙に嬉しくなって、

「頑張って下され」

と思わず声をかけたくなった。

それを持って和馬は、芝将監橋《しばしょうげんばし》に住んでいる宇田川榕庵《うだがわようあん》の屋敷まで急いだ。宇田川榕庵とは蘭学者で、『舎密開宗《せいみかいそう》』という化学本を出した当時の最先端の洋学者であり、大垣《おおがき》藩十万石の藩医でもあった。

冠木門のある瀟洒《しょうしゃ》な屋敷に入るなり、和馬は名を名乗ってから、

「宇田川先生、ご無沙汰しております。お願いします」

と大声をかけた。

すると、四十半ばの僧侶のような格好をした恰幅《かっぷく》の良い男が出てきた。眼光鋭く、戦国武将のように見えた。

「なんだ、おぬしか」

「ご挨拶ですね。でも、急なことで済みませんが、手土産《てみやげ》です」

差し出した桶《おけ》には、鯉や蛙、鼠の死骸などが入っていた。白濁した川の水も入っていて、底には泥のようなものも溜まっている。

「なんだ、これは」

顔を顰《しか》めもせず、宇田川は平然と見下《みお》ろした。

「うちの近くの川から採ってきたものです。もしかしたら、この中には何か毒があるかもしれないと思って、先生に鑑定を頼みに来たのです。よろしくお願い致します」

「おまえは、いつも唐突だな。うちに入門した子供の頃からそうだ」

「思い立ったら吉日。その時に行動を起こさないと、二度と出合わないこともある……そう教えてくれたのは、先生です。奇跡は、思いつきが生むとか、判断は理性ではなく、直感でしろとか……」

「もうよい。分かったから見せてみろ」

宇田川はじっと見ていたが、追い返す仕草をしながら、

「後で弟子に検分を届けさせる。だが、初めに言うておく。何をするのか知らぬが、私を巻き込むな、よいな」

と念を押した。

もしかしたら、何か危険なものだと察したのかもしれない。そう感じた和馬は、確信を得たように頷いて立ち去った。

その日のうちに――宇田川の見解が詳細に記された文が、弟子によって届けられた。

和馬は舎密、つまり西洋化学を、ほんの少し囓《かじ》っただけだが、ここに記されている程度のことは理解できた。不思議そうに見ている吉右衛門に、和馬は説明をした。

「宇田川榕庵先生の見立てでは、やはり鉛や銀、硫化物《りゅうかぶつ》が検出されたそうだ。これらは、ご隠居が指摘したとおり、銅吹所からの廃液を吸ったからこそ起こったといえるとか」

「なるほど……」

「これらは直《じか》に人が吸ったり飲んだりしなくても、このような魚をもし食べたら、体調がおかしくなるかもしれない」

「この川の魚を獲る者は、いないと思いますが……」

「いや。食うに困っている人が手を出すかもしれないし、子供が誤って触れることだってあるかも……それでも、手足の震え、咳、下痢、発熱、嘔吐《おうと》……かような症状が出ることもあるようだ」

「ならば、この文を、藪坂甚内先生にも見せたら、どうですかな。思い当たる患者がいるはずですぞ」

「それだッ」

また思い立ったように、和馬は突っ走っていった。

その足で来たのは、『深川診療所』の藪坂甚内のところである。和馬は宇田川からの文を見せて、これに該当する患者がいないか尋ねてみた。

最初は忙しいから後にしろと、素っ気ない口振りだったが、じっくりと読んだ藪坂は驚いた顔になった。

「あなたは、どうして、かようなものを……」

「そんなことより、いるのですね」

迫るように和馬が訊くと、藪坂はしかと頷いて、

「ああ。この半年余り、増え続けていて、初めは痘瘡《とうそう》のようなものが流行《はや》ったのかと思っていたが、独特な斑点《はんてん》などは見当たらず、ただ皮膚が爛《ただ》れたりするのは見かけた」

「猿江御材木蔵の前の川が原因に違いありません。宇田川先生の検分です」

銅吹所があったことは、藪坂も承知していたが、すでに浅草橋場に移っているし、米糠による白濁が逆に、本来の汚染を隠していたのかもしれないと思った。

「ふむ……なるほど……だとしたら、納得できることばかりだ」

藪坂は、診療所に寝泊まりして治療を受けている患者たちを見せて歩いた。

その中に、和馬を襲ったならず者たちも並んで寝ていた。兄貴格が和馬に気付いて、

「あわ、あわわわ……あわわ……」

と悲痛な声を上げた。

他のふたりも同様に体が震えている。兄貴格に近づいて顔を覗き込んだ和馬は、枕元の名札を見て、優しい声をかけた。

「鮫吉《さめきち》というのか……大丈夫か。川に落ちただけで、こんな目に遭うとは、かなり強い毒が残っているとしか考えようがないな」

「ど、毒……」

不安そうに兄貴格が微《かす》かに声を洩らした。

「因業《いんごう》なことだな。少しは弱い立場の人の気持ちが分かったか」

「あわわ……」

「だが、案ずるな。地獄へはしばらく行けないように、藪坂先生は頑張ってくれるだろう。でしょ、先生」

「うむ……そうしたいがな……水を飲んだだけで、この様子ではな……」

曖昧な返事に、横たわったままの兄貴格が悲痛な表情に変わった。

「ああ、ならねばよいが……」

藪坂が奥を見やると、そこは女部屋になっていて、数人の患者がやはり横たわっていた。看護をしている下女たちが忙《せわ》しなく面倒を見ていたが、やはり苦しいのであろう、患者たちは呻《うめ》いていた。

「先生……あの人たちも、この周辺の住人なのか」

「ああ、そうだ。もし、宇田川先生の見立てどおりなら、浅草橋場の辺りも危ないということになるな」

奥の女部屋で喘《あえ》いでいる女が気になった藪坂は、近づいていった。和馬もそこへ行こうとすると、

「殿方は入らないで下さい」

厳しい声で両手を広げて、若い女が立ちはだかった。仕事柄か、化粧っ気はないが、腫《は》れぼったい唇をしていて、睫《まつげ》の長い美しい娘である。だが、いかにも気が強そうで、

「邪魔ですから、そちらで待っていて下さい」

と声を張り上げた。

「そこまで言わずともよかろう……」

和馬は少し腹が立った。折角、病の原因を摑んできたのに、無下《むげ》にあしらわれたことに疎外感を抱いたのだ。

「いいから、こっちへ来て手伝え、千晶《ちあき》」

藪坂が声をかけると、サッと身を翻《ひるがえ》して、患者の側《そば》に寄った。

「ほう、千晶というのか。気の強い女だ」

和馬は離れた所から見ていたが、患者は、お豊だった。見るからに弱々しく、虫の息のように見えた。

「――今日になって、急に容態《ようだい》が悪くなってな……何とかしたいのだが、肺腑や肝臓までやられているようなのだ」

名医といわれる藪坂でも、手を拱《こまね》いて苦しんでいるようだった。

そこへ、ズカズカと踏み込んできた中年男がいた。

その顔を見て、和馬は驚いた。

先日、大工仕事で屋敷に来た、棟梁の角蔵だったからである。吉右衛門が修繕し直したことを思い出し、文句を言おうとすると、角蔵はまっすぐ女部屋のお豊の前に行き、しがみつくように、

「――お豊。しっかりしろよ、おい！　なんで、こんなことに、お豊！」

と声をかけて、揺り起こそうとした。

「よしなさい。余計、悪くなるぞ」

藪坂と千晶が止めようとすると、角蔵は懐《ふところ》から封印小判を取り出して、

「先生、俺の女房を助けてくれ。金ならある。このとおりだ。命を救ってくれ。頼む、苦労ばかりかけた女房だ。このまま死なせるなんて、嫌だ嫌だ。頼む、助けてく

れ！」

悲痛に叫ぶ角蔵だが、藪坂はなんとか押し返して、

「大金を積まれても、今は手の施しようがない。効く薬もない……だが、なんとか命が長らえるよう頑張るから、さあ……」

「冗談じゃねえや。俺あ、女房を死なせやしねえぞ。だったら、この金で他の医者に診せる。藪坂だと、藪医者の間違いじゃねえのか、スットコドッコイ！」

角蔵は自分からお豊を抱きかかえようとしたが、そこへなぜか——目つきの鋭い八丁堀《はっちょうぼり》同心と相撲取りのようにでかい岡っ引が踏み込んできた。

「北町奉行所定町廻り《じょうまちまわ》同心、古味覚三郎《こみかくさぶろう》だ」

「岡っ引の熊公《くまこう》だ」

「おまえは、名乗らなくていい……おい。大工の角蔵。その金、何処で手に入れたか、番屋まで来て、話して貰おうか」

「えっ……!?」

「大人しく言うことを聞かねえと、痛い目に遭うどころじゃねえぞ」

〝鬼の覚三郎〟といえば、少しは知られている悪徳同心である。町の用心棒よろしく、袖の下を平気で貰い受けるのは当然、下手《へた》に逆らうと、無実の罪ででも伝馬町《でんまちょう》牢屋《ろうや》

敷《しき》送りにされるという噂の町方同心だ。俄に、角蔵は大人しくなった。

「ち、違うよ、旦那……俺は、何もしてねえよ……本当だよ、旦那」

「あちこちで騙《かた》り同然の修繕をしてたのは、とうに調べがついてるんだ。だが、今日はそのこととは違う。その封印小判のことについて、調べに来た」

「これは、だって……くれたもんで……いや、本当だよ。信じてくれよ。女房が大変な目に遭ってんだよ……酷《ひで》えじゃねえか」

「往生際《おうじょうぎわ》が悪いな」

古味が踏み込んで角蔵の頭に十手《じって》を浴びせると、すぐさま熊公が羽交《はが》い締めにして、部屋から引きずり出した。

「邪魔したな。悪く思うな」

藪坂たちに向かって、古味は一応、挨拶を通してから立ち去ろうとした。

そのとき、初めて、角蔵は和馬の姿に気付いて、何か言おうとしたが、熊公に張り手を食らわされ、乱暴に縄をかけられた。

和馬は思わず近づきながら、

「おい。いくらなんでも、やり過ぎだろう」

と呼び止めたが、古味は一瞥《いちべつ》しただけで、喚《わめ》き散らす角蔵を連れ去った。

お豊は騒ぎに気付いたのか、薄らいでいる意識ながら、必死に角蔵の方に手を伸ばそうとしていた。その手が力なく垂れるのを、千晶がそっと握りしめていた。

五

和馬はズンズンと一目散《いちもくさん》に歩いていた。その足がしだいに速くなり、しまいには駆け足になっていた。

急いで来たのは——麹町御門《こうじまち》、通称・半蔵門《はんぞうもん》の前を通り、内濠に面した通りにある大久保兵部《おおくぼひょうぶ》の屋敷だった。さすが三千石の旗本だけあって、和馬の目には長屋門は聳《そび》えるように見えた。

思わず見上げて、深い溜息をついた。

実は、それほど気合いが入っていたわけではないのだが、

——問題があるならば、訴え出て糺《ただ》した方がよい。

と吉右衛門に背中を押されて、思わず駆け出してきたのだが、巨大な表門を見上げただけで体が竦《すく》んできた。和馬は気を取り直すように、「頼もう!」と潜《くぐ》り戸を叩いた。何度か叩くと、門番が出てきて不審そうに見やった。

「拙者、小普請組の高山和馬という者でござる。火急な用向きにて馳せ参じました。小普請組支配、大久保兵部貞範《さだのり》様にお目に掛かりたく存じます」

「あいにく、来客中でございますれば」

「そこをなんとか。直ちに、お伝えしておきたいことがございまする」

「何の前触れもなく、屋敷を訪ねてくるとは礼を失しているとは思いませぬか。今日のところは、お引き取り下さいませ」

「どうか、お願い申し上げます。たしかに私は、旗本でも末席ですが、上様にお仕えする身に変わりはありませぬ。上役でありまする大久保様に、どうしてもお報せしておきたいことがございます。どうか、どうか」

必死に頭を下げるが、番人は頑《かたく》なに拒んだ。誰も入れてはならぬと命じられているからだという。それを聞いて、和馬はわずかだが気色《けしき》ばんで、

「誰も入れてはならぬとは、何事だ。御用で参ったのだ。役職上、大久保様の支配にある旗本だが、家来ではないぞ。そこを通せ」

と門番を押しやって、屋敷内に入った。

すると、数人の家臣たちが刀や槍《やり》を持って集まり、和馬を取り囲んだが、すぐに玄関から大久保が顔を出した。

小普請組支配とは、寄合旗本三千石以上から十名が選ばれる。中には五千石を超える者もいる。無役を束ねる立場とはいえ、町奉行や勘定奉行と同格だからか、大久保は威厳のある風貌であった。

「騒がしいのう……誰だ、おまえは」

「小普請組の高山和馬と申します。大久保様にお伝えしたき儀があり、馳せ参じました。どうか、お聞き届け下さいませ」

「おまえは組頭か」

「いいえ。ただの末席にございますれば」

「ならば、所属する組頭に申し出よ。上役を超えての訴えは違法である」

小普請組支配は、旗本職の組頭と御家人職の小普請組世話役を束ねており、その下に無役の旗本と御家人が大勢いた。

「亡き父は、小普請組ではなく、勘定組頭を拝命しておりました高山俊之亮《としのすけ》でございます」

「なに、あの高山……」

わずかだが、大久保の目が動いた。

「どうか、どうか……猿江御材木蔵にあった銅吹所に関わることなのです」

「――銅吹所……？」

大久保は何事かと、目つきが変わった。腹立ちを抑えるように溜息をつくと、

「許す。申してみよ」

「はい。実は、猿江御材木蔵に面する堀川は、以前より白濁した液汁で淀んでおりましたが、そこには銅吹所から流れ出た排水に混じっていた鉛や銀、硫化物などが沈殿し、魚や蛙などを死に至らしております」

「…………」

「それは人の体にも影響を及ぼし、近在の大勢の人たちが病に冒され、深川の診療所にて治療を受けております。この川の水の検査は、ある高名な学者にお頼みし、銅吹きの廃液によるものだと確かめられております」

「で……？」

「――でって……ですから、まずは浅草橋場に移された銅吹所の作業を止めること、猿江御材木蔵の堀川を浚《さら》って綺麗にすること、病に罹《かか》った人たちの暮らしを援助すること……などをお願い致します」

和馬が額に汗を浮かべて訴えると、大久保はじっと見据えて、

「それは小普請組支配の儂《わし》の領分ではない。勘定奉行か町奉行に訴え出るがよい。銅

吹所の管轄は金座後藤《ごとう》であり、金座支配は勘定奉行である。さらに、町場での事件や事故は、深川の材木置き場も町奉行の担当、もし河川でのことも加わるのであれば川船奉行、海まで及ぶならば船手頭《ふなてがしら》に訴えよ、以上だ」

と言って背中を向けた。

だが、和馬はまるで縋《すが》るように膝を突いて、

「女がひとり、死んだのです。つい先程のことです。猿江の銅吹所のせいで不治の病になり、死んだのです。この事実を、大久保様のような立派な方から、ご老中や若年寄に訴え出て貰いたいのです。そして、一刻も早く善処していただきたく……」

「それこそ越権行為だ。たったひとりの町人が死んだからとて、何故、儂がさようなことをせねばならぬ」

「たったひとりって、そんな……」

腹が立ったが、そこはぐっと我慢をして、和馬は続けた。

「小普請組は江戸市中の河川や掘割の普請、溝浚《どぶさら》いや石垣などの修繕にも関わっているはずです。大久保様もその目で、猿江御材木蔵前の川をご覧なって下さいましッ」

声が掠《かす》れるくらいの大声で、和馬は訴えた。大久保はギラリと鋭い眼光を放って、

「銅吹所が人の病を生んだ。つまり、おまえは、公儀が町人を病にして、死なせたと、

「――そ、そこまでは……でも、御公儀が銭を作る所から出た廃液で、人が苦しんでいるのは事実です。どうか、大久保様のお力添えで、何とかして下さいませ！」

そう訴えたいのだな」

しまいには、和馬は土下座《どげざ》をしていた。冷ややかに見下ろしていた大久保だが、

「相分かった。篤《とく》と検討する」

と言って奥に戻った。

「ハハア！　よろしくお願い奉《たてまつ》りまする！」

和馬は声の限りに礼を言った。

その翌日――。

早速、大久保の家臣が下達文書を持参した。恭《うやうや》しく押しいただいた文面には、

『蟄居《ちっきょ》、謹慎を申しつく』

というものであった。理由は、上役を超えて訴え事をしたことによる。厳しいように見えるが、下手《へた》をすれば御家取り潰しや切腹になる場合もある。

謹慎は、屋敷の門や雨戸をすべて閉め、人の出入りも禁止される。それが一月《ひとつき》間、続くのである。しかも、蟄居する部屋も決められ、場合によっては役人も付く。

「な……何故だ……俺は、人々が困っている現状を伝えただけではないか」

和馬は伝令係に文句を言ったが、

「これ以上、騒ぎにすると、高山家の存亡に関わります。どうか、冷静に」

とだけ伝えて、礼を尽くして立ち去った。

傍《かたわ》らには、吉右衛門が控えており、深い溜息をついた。

「困りましたな……大久保様によく報せてくれたと誉められるどころか、これではまるで本末転倒……深川診療所の患者たちは、どうなるのでございましょう」

「──知ったことか……」

「はあ？」

「何も、ここまですることはなかったのだ……あんたに唆《そそのか》されて、とんでもない事になってしまった……父上にも、ご先祖にも顔向けができぬ……」

「世のため人のため──が、家訓だったのではありませぬか？」

「その結果が、蟄居、謹慎だ……」

「ですが、御家がお取り潰しになったわけではありませんし、もしかしたら謹慎中に、もっと色々と調べろ……との大久保様のご配慮かもしれませんよ」

励ますように吉右衛門は言ったが、和馬はよほど応《こた》えたのか、床に大の字になって寝ころんで天井を見ながら、

「分《ぶん》を弁《わきま》えよ……というのも、家訓にある。武士たるもの、箍《たが》が外《はず》れないためにも、己の身分、家格、石高に相応《ふさわ》しい言動をし、分を超えるようなことは厳に慎めということだ……大久保様は正しい」

「では、銅吹所によって苦しんだ人は……亡くなったお豊という女は、無駄死にということですかな」

「……俺にどうしろというのだ。医者でもなければ、町奉行でもない」

「銅吹所によって病に罹った人たちを集め、訴え出るのはどうでしょう。たしかに、町人や百姓による直訴は御法度《ごはっと》ですが、大勢の人々が力を合わせれば、御公儀を動かすことができるのではありませぬか」

「一揆《いっき》でもせよというのか……もう、その煽《おだ》てには乗らぬ……俺は俺の分に応じて、人様を助けてきたつもりだ。それでいい」

諦めに似た吐息で、和馬は言った。吉右衛門はその顔を覗き込むように、

「ならば、公儀には公儀に相応《ふさわ》しく、人助けをして貰うべきではありませぬか？　貧乏旗本ができることを、将軍様ができないことはありますすまい」

「もういいと言ってるだろ」

和馬は少し声を荒げて、起き上がった。

「そもそも、あんたは何なんだ。シタリ顔で小言《こごと》や説教ばかり。まさか、この屋敷に居着《いつ》くつもりではあるまいな」

「とんでもございません……」

「だったら、もう出ていってくれないか。ご覧のとおり、奉公人もおらず、謹慎の身の俺に、これ以上、何をせよと」

「――和馬様……」

「あんたに和馬様と呼ばれる謂《いわ》れはない。伜《せがれ》に追い出されたのかどうか知らぬが、暇で優雅なご隠居の相手はもう懲《こ》り懲《ご》りだ」

少しきつい言葉を吐いたが、和馬は本当にめげているようだった。

「さいですな……居着くつもりなど毛頭ありませぬ。短い間でしたが、とても楽しゅうございました。ご健闘を祈ります」

吉右衛門は丁寧に挨拶をすると立ち去りかけた。が、つと足を止めて、

「あ、それと、石蔵の中も綺麗に片付けておきました。では……」

もう一度、頭を下げて屋敷から出ていった。

「石蔵……ふん、何もないわい……あの爺さん、とんだ疫病神《やくびょうがみ》だったな……」

和馬は「あ〜あ」と腹の底から息を吐いて、また大の字になった。

六

翌朝、騒々しい物音に目が覚めた和馬は、いきなり腹の虫が鳴った。

雨戸を閉め切ったままだから、昼夜が分からない。玄関だけは、明かり取りの格子から陽光が漏れている。表に出てみると、誰もいなかったが、門の外には町方同心の古味と熊公がいるようだった。

「北町の古味覚三郎である。高山殿にお伺いしたいことがござる」

と古味の声がする。

「生憎《あいにく》だが、謹慎の身ゆえ、門を開けてはならぬ決まりでしてな、御免」

「御用の筋ゆえ、許しは得ております。盗まれた茶碗のことで」

「盗まれた茶碗……？」

「話を聞きたいだけでござれば」

仕方なく和馬が開けると、唐突に、古味が茶碗を差し出した。すでに箱からは出しており、手を滑らせれば落ちて割れるだろう。ぞんざいな扱いであるが、和馬はそれよりも見覚えのある茶碗が気になった。

「——あっ……貴殿は……」

深川診療所でチラッと会ったと思い出したのか、古味はバツが悪そうに頭を下げ、

「この茶碗ですがな……仁清らしいのですが、ご貴殿に貰ったと、角蔵という大工が言い張っているのです」

「そのとおりだが……」

「では、盗まれたのでは、ないのですな」

「屋敷を修繕して貰った礼に渡した。もうひとりのたしか……太助とかいう見習いにも同じようなものを」

「そうでしたか。ならばいいのですが……」

古味は気まずそうに赤い鼻を掻いて、

「角蔵たちがこの茶碗を、ある骨董商に持ち込んだところ、二、三両どころか、その十倍の二、三十両の値打ちがあるとかで、金を払ったらしい」

「ほう。そんなにする物だったのか」

他人事《ひとごと》のように言う和馬を、古味は欲がない男だと訝《いぶか》しみながらも続けた。

「だが、その骨董商は、一介の大工がかような高い物を持参するのは怪しいと、番屋に届け出ていたのだ。どこぞで盗んだ物に違いない、とな……しかし、角蔵たちは、

貴殿から貰ったとの一点張り。それを確かめに」

「間違いない。俺がやったものだ」

「たかが、大工仕事で……」

と古味は言いながらも、門や天井などを見廻しながら、

「――なるほど。立派に直しているようですな……かなりの腕の大工のようだ」

「いや、これは……」

吉右衛門が修繕したものだと言いかけたが、話がややこしくなるのでやめた。角蔵と太助の手によるものだと伝えた。

「そうでござったか。それにしても、この茶碗は返すべきかと……」

「一度、やった物だ。値打ちが幾らかは、人様が決めるもの。返すには及ばぬ」

「では、当人に返しておきます」

古味が一礼をして帰ろうとするのへ、和馬は声をかけた。

「あんたが盗っ人と疑ったお陰で、角蔵は女房のお豊を救うことができず、死に目にすら会えなかった」

「…………」

「これからは、人を疑う前に……人を疑う己の心を疑ってみることだな」

和馬が言うと、古味は鼻白《はなじろ》んだ顔で、

「謹慎中の御方から、ありがたいお言葉、承《うけたまわ》っておきます」

と皮肉を返して立ち去ろうとした。その背中に向かって、

「もし、間違いを少しでも悔やむなら、猿江御材木蔵の白濁した川のことを調べて、お奉行に伝えてみるがよい」

「え……？」

「お豊という女が死んだのは、そのせいだ。俺には関わりないことだがな……北町奉行の遠山左衛門 尉《とおやまさえもんのじょう》様なら、あるいは探索に乗り出してくれるかもと、淡い期待をしておる」

やはり心の奥には引っかかったままなのだ。和馬は投げかけるように言ったが、古味は首を傾げて、熊公を手招きして門の外に出ていくだけであった。

家に戻ろうとすると、裏手の石蔵の方で何か物音がしたような気がした。

行ってみると、特段、変わった様子はなかったが、錠前が外れたままになっているので、掛け直そうとした。その前に、一応、中を確かめると、米俵が一俵と菜の物や干し魚が入った笊《ざる》があった。

「──誰が、こんなもの……米ぐらい買う金はまだある」

と言いながら、脳裏には吉右衛門の顔が浮かんでいた。ふと見やると、米俵の横に、行李《こうり》がひとつある。

不思議に思って近づき、開けてみると——そこには、数冊の綴り本が置かれていた。手に取ると、『懺悔録《ざんげろく》』と表書きがあった。項を捲《めく》ると、それは勘定組頭の頃の父親の日誌であった。

勘定組頭とは、勘定奉行配下、勘定所にて、幕府の財政や天領の農政を担当する役人である。役高は三百五十俵であり、勘定所という役所は、下級旗本であっても御家人であっても出世する道があった。事実、荻原重秀《おぎわらしげひで》のように勘定奉行まで昇り詰めた者もいる。

日誌はその日にあったことを淡々と書き留めているものであって、公的なものと私的なものが混在していた。まったく自分だけの備忘録《びぼうろく》であろう。役人の仕事は、記録を残すことである。ゆえに私的な面でも、そう心がけていたに違いない。

ところが、ある時から空欄が増え、家の様子などが書かれてあり、和馬が成長してゆくのを描写している所もあった。読み直して懐かしくなる出来事もある。息子に母親がいないことへの申し訳なさも書いてある。

最後の方に——幾つか破られた箇所があり、その後に、

『すべては墓場まで持っていく。支配勘定の指摘を受けて、勘定奉行が公金を私腹したことを追及すればするほど、我が身が危うくなってきた。我が身ならばまだよい。息子の命まで質《しち》に取られるのは困る。御家がなくなれば、息子の食い扶持も困る。まだ年端《としは》もいかぬのに、苦労をさせるわけにはいかぬ。追及は止める。ご先祖様に申し訳が立たないが、息子のためだと思うて、ご勘弁下さい』

と、それまでの丁寧な字とは違い、書き殴っている。明らかに、上役の不正の追及を止め、何かを隠したという文章である。

「…………」

和馬は日誌を手にして打ち震えていた。たしかに、父親はある時期から、勘定組頭から勘定に格下げになり、その後、勘定所を去って、無役の小普請組に組み入れられた。それまでは、

「よいか、和馬。武士は、己が信じる正義に従って生きねばならぬ。自分が歪んだことをしてはならぬのは当然だが、小さな不正も許すことがあってはならぬのだ」

と事あるごとに言っていた。殊に勘定所という役所はそうだと繰り返していた。

だが、格下げになった頃から、あまり正義感を大上段に振り上げなくなった。そのことが、和馬には少しおかしいとは思った。が、成長した息子には、くどいと配慮し

てのことだろうと感じていた。

「——親父に何があったか知らぬが……よいのか……このままでよいのか……親父は俺という息子がいたから、何かを闇に葬った……口を拭った……だが、俺には守るべき子供もいない……御家がなくなっても、誰も困らない……いいのか、本当にこれで……」

和馬は奥座敷に戻ると、衣装棚から白装束の裃《かみしも》を取り出した。それを衣桁《いこう》に掛けると、覚悟をもった目で見上げた。

同じ本所深川、高山家からは目と鼻の先には、北町奉行・遠山左衛門尉景元《かげもと》、つまり〝遠山の金さん〟の屋敷がある。もっとも下屋敷で、以前はかの火付盗賊改・長谷《はせ》川平蔵《がわへいぞう》が住んでいた所である。屋敷もさほど大きいとはいえず、高山家の倍もない。

その門前に——白装束の和馬が現れたのは、同日の昼前のことである。むろん、遠山が休息に来ていると調べてのことだ。呉服橋《ごふくばし》御門内の北町奉行役宅にいるのであれば、そっちへ参じていた。

世情に通じている遠山だが、謹慎中の身である旗本が、事もあろうに切腹覚悟で乗り込んできたことに、戸惑いを隠せなかった。遠山自身は顔を出さなかったが、笹山《ささやま》という内与力《うちよりき》が出てきて、和馬の言い分を聞いた上で、銅吹所に纏《まつ》わることの詳細を書いた陳情書を受け取った。

「どうか、拙者の思いが伝わりますよう。何より、人々が困らないようにして下さいますよう、一命に代えてお願い申し上げます」

和馬は決死の覚悟で伝えると、深々と御礼をし、その場にて切腹をしようとした。だが、内与力はそれを押しとどめた。

「門前での切腹とは、我が遠山家に何か遺恨でもございまするか」

「まったくありませせぬ。ですが、かくなる上は、一命を捨てますので、必ずや聞き届けていただけると信じております」

「待て待て。かような所で切腹とは前代未聞。話は必ず、お奉行に伝える故、自宅にてお待ち下され。よいですか、若気の至りとはいえ、早まった真似をしてはなりませぬぞ」

笹山は心の中では、人騒がせな奴だと思っていたのであろうが、心配なので遠山家の家臣をふたり付けて屋敷に送り届けようとした。

その時である。

まるで祭のように「わっせ」「わっせ」「そうりゃ」「せえりゃ」「せいや」「そいや」と勇壮な掛け声をかけながら、数十人の男女が練り歩いてきた。

小さな御輿《みこし》が担がれており、戦国武将が掲げるような幟旗《のぼりばた》も何本か振られている。それには『助けて』『殺さないで』『生きたい』などと切実な言葉が書き並んでいた。まさに一揆の様相を呈している。当然、江戸市中において徒党を組んでの暴動は、御《ご》法度《はっと》である。だが、この集まりはあくまでも氏神《うじがみ》の祭りだということにしていた。その一団の中には、角蔵や太助、そして例のならず者の兄貴格・鮫吉もいて、一緒になって掛け声をかけていた。そして、和馬を取り囲むように陣形を取ると、

「お奉行様！　何とかして下せえ！」

「命がかかってんだ！　子供も死にかかってるんだあ！」

「これ以上の害は出さないで下せえ。どうか、お願いでございやす！」

「あっしらはただふつうに暮らしたいだけでございやす！」

などと大声を上げて、町内を練り歩くのだった。

近くには、老中・細川若狭守《ほそかわわかさのかみ》、同じく老中の土屋采女正《つちやうねめのしょう》、若年寄の林肥後守《はやしひごのかみ》、大目付・松平丹波守《まつだいらたんばのかみ》、さらには御三卿・田安《たやす》家や一橋家、はたまた小名木川沿いには銀座の御用蔵などがある。この大騒ぎは、下手《へた》をすれば謀反《むほん》扱いとなって、幕府の番方が出向いて弾圧されるかもしれない。

それでも、ひとしきり練り歩いて、騒ぎに加わる者が増え、しまいには数百人にま

で広がっていった。その騒ぎは日暮れまで続いたのであった。

だが、お上《かみ》からは誰も咎められることはなく、翌日は何事もなかったかのように、平常の朝を迎えていた。

猿江御材木蔵前の堀川の沿道には、

『病になるため、元のきれいな川に戻るまで、入るべからず。飲むべからず——北町奉行・遠山左衛門尉』

という木札が何本も立てられていた。それを見た人々は、公儀が何か手立てをしてくれるに違いないと安堵《あんど》していた。

遠山が手を廻したのであろうか、その日のうちに、和馬の蟄居・謹慎も解かれた。

雨戸を開けると、差し込む陽射しが眩しかった。

騒がしいと思ったら、中庭で荷物を抱えた何人もの人足たちが、裏手石蔵の方へ向かっている。表門には大八車が何台か付けられていて、次々と俵物や炭や薪の入った箱などを運び入れていた。

「何事だ、これは」

和馬が誰にともなく声をかけると、大工の角蔵と太助、そして鮫吉もいて、せっせと働いている。特に角蔵は棟梁らしく、他の者たちに適宜《てきぎ》、指図していた。

「角蔵……どういうことだ」

「こいつが、旦那のことを藪坂先生に話したんですよ。十両もの大金を賽銭箱に入れてたってね。だから、御礼だって……蔵がほとんど空っぽじゃないですか」

鮫吉は小さく頭を下げて、

「旦那のお陰で、命拾いしやした。もう二度と、悪さはしやせん。ちゃんと仕事を探して、真面目に働きます」

短い間とはいえ、生死の間を彷徨《さまよ》ったので、命の大切さを思い知ったというのだ。

角蔵と太助も、もちろん和馬が惜しげもなくくれた名茶碗のお陰で救われた。女房は残念ながら亡くなったが、

「旦那の優しい心根に打たれました。これからは人を騙《だま》さずに、真面目に大工をしたいと思います、へえ」

と拝むように手を合わせた。

「いや、俺は何もしてはおらぬが……」

「その謙虚なところがいい。ご隠居さんも、そう言ってやした」

「──ご隠居……」

横合いから鮫吉が口を挟んだ。

「あれ？　旦那の所のご隠居さんじゃないですか、あの吉右衛門さん。俺たちをあの川に軽々と突き落とした」

「あ、いや……」

「ご隠居さんが頑張って、人や物を集めたんですよ。和馬様のように優しい人はいない。人に恵んでばかりで、自分はろくに食うこともできていない。なのに、困った人々を助けてばかり。此度《こたび》も、汚れた川から町人たちの病を救おうと必死に立ち上がった」

「………」

「だから、みんなで助けてやって欲しいと、近所を一軒一軒頼んで廻り、藪坂先生にも事情を話して、あの祭り騒ぎにしたんでさ」

「吉右衛門が、そんなことを……」

「ええ。この食い物や着物、炭なども、ご隠居さんの頼みで、みんなが動いたんです。旦那には、いい奉公人がおりやすね」

「奉公人ではないが……」

和馬は急に遠い目になって、角蔵たちに訊いた。

「その吉右衛門は、何処にいるのだ」

「さあ……ここじゃないんで？」

「いや……」

たまらなくなって、和馬は屋敷を飛び出し、近場を探し廻った。深川診療所はもとより、通りかかる人や出商いの者、長屋の住人や職人たち、手当たり次第に訊いたが、吉右衛門の行方は分からなかった。

それでも、日がな一日、探し廻って、夕暮れ近くなって、門前仲町《もんぜんなかちょう》の方まで足を延ばしたとき、「旦那」と声をかけられた。振り返ると、千晶がいた。藪坂先生の所にいた下働きの娘である。

「吉右衛門さんでしょ？」

「えっ。どうして、それを……」

「藪坂先生が探せって。でも、私今から、赤ん坊取り上げに行かなきゃならないんで、ここで失礼するね……あ、ご隠居は、富岡八幡宮《とみおかはちまんぐう》の境内の方にいたよ」

「本当に！」

とにかく藁《わら》をも摑みたい思いで、和馬は駆け出した。

すっかり暗くなった鬱蒼《うっそう》とした境内に、吉右衛門の姿があった。

「──おい。何処へ行ってたのだ」

振り返ったのは、たしかに吉右衛門だった。

「和馬様……」

「とにかく、一度、うちまで来てくれ。なんだか知らないが、大騒ぎになってるのだ」

「また何か問題でも」

「そうじゃないが……いや、出ていけなんぞと言うて申し訳なかった……とりあえず、明日の朝、美味い朝餉を食いたい」

「さいですか……」

「吉右衛門……親父の日誌も、あれはおまえが何処かから見つけて、置いてくれてたのだろう……一緒に、帰ってくれるよな」

優しい目になって声をかけると、吉右衛門もニコリと微笑み返して、

「知りませんぞ、疫病神か貧乏神かが居着くことになっても」

と言った。

灯籠《とうろう》に明かりがともり、まっすぐの参道が延びている。まるで親子のようなふたりの影が並んで、ゆっくりと歩き出した。

第二話　情けは無用

一

本所深川は竪川沿いにある林町《はやしちょう》五丁目といえば、堀部安兵衛《ほりべやすべえ》の借家があり、ここに四十七士が集結して松坂町《まつざかちょう》の吉良《きら》邸に討ち入った。元禄の昔の話であるが、高山家からは目と鼻の先である。

今や忠義の士など少なくなり、ただ上役の顔色を窺《うかが》い、己の出世のことばかりを考える侍が増えた。老中や若年寄のような立派な地位にあっても、〝社稷《しゃしょく》の臣〟と呼ばれるような傑物《けつぶつ》もいない。これは国家の危急存亡のとき、その危難を一身に引き受ける重臣のことだが、二百年余り天下泰平が続いてきた弊害であろうか。

そういう幕閣や役人だらけだから、庶民の苦しさも分からないのであろう。

今日も町中をぶらぶら歩いていた高山和馬は、丁度、林町にある橋の上で物乞いをしている母子《おやこ》を見かけた。母親は如何《いか》にも貧しい形《なり》で、六歳くらいの男の子も顔が汚れていて、泣き出しそうな顔つきだった。

だが、通りかかる人の多くは、汚い塵芥《じんかい》でも見たかのように行き過ぎるだけである。中には一文二文ほどの金を、膝元にある茶碗に投げ入れる者もいたが、和馬が覗き込むと十文しかなかった。二八蕎麦《にはちそば》一杯も食えない金である。

それでも人様の慈悲に縋《すが》るしかない母子の姿に、和馬はまたいつもの性癖が揺さぶられて、二朱銀を茶碗の中に置いた。二朱銀とは、一両の八分の一だから、当面の暮らしには困らないであろう。

母親は平伏すように深々と頭を下げて、

「ありがとうございます。殿様のお慈悲には感謝致します」

と頭を下げた。

「殿様というほどではない。こんなことくらいしかできないが、何か困ったことがあれば、いつでも訪ねてくるがよい。俺はすぐそこの高山和馬という旗本だ」

「お旗本……」

「といっても、二百石取りの一番の下《した》っ端《ぱ》だ。無役の小普請組だが、人の役には立ちたい。遠慮することはないぞ」

と微笑《ほほえ》みかけて立ち去った。

この日も、同じような貧しい人々や仕事にあぶれている者たちに出会うと、身の丈に応じた施《ほどこ》しをして廻った。

夕暮れて屋敷に戻ると、煮物の美味《うま》そうな匂いが鼻腔に広がった。

――こりゃ、たまらん。

吉右衛門が作って待ってくれているのが、近頃は嬉しくて仕方がない。たいした暮らしぶりではないが、早く親を失った和馬にとっては、親戚の爺《じい》さんが来ているという感じであった。もっとも、中間とか小者とも違う居候《いそうろう》だったが、吉右衛門にはありがたかった。側役《そばやく》とか用人《ようにん》、執事《しつじ》のような感じであろうか。

台所の板の間に置かれた高膳には、すでに夕餉が盛りつけられており、覗き込んでみると、和馬が好きな金目《きんめ》と牛蒡《ごぼう》の煮付けに、鱧《はも》の天麩羅があった。しかも、茸《きのこ》などの炊き込み飯に蛤《はまぐり》の潮汁《うしおじる》であった。

帰る頃合いを見計らっていたのかと感心したが、高膳は他にも数個、並んでいる。

奥の方から、騒ぎ声も聞こえた。

「――うちに、来客か……珍しいことがあるものだ」

奥座敷の方に行きかけると、キャッキャと猿のような声を上げながら、子供が三人ばかり座敷から飛び出してきてぶつかった。

「誰だ、おい……」

その奥の座敷を見やると、昼間、林町で物乞いをしていた女とその子供もいる。

「どうしたんだ……何があった……」

和馬が問いかけると、吉右衛門が三歳くらいの裸の女の子を抱えて、手拭いで体を拭きながら現れた。

「これは和馬様。お帰りでしたか」

「お帰りでしたかはいいが……なんなのだ、これは」

「和馬様が、困ったことがあればいつでも訪ねてこいと言われたそうですね。それで参ったのです。子供らは、この寒空なのに汗を掻いて汚れておりましたので、風呂を沸かして入れてやりました」

一人暮らし同然だから、銭湯《ぜにゆ》で済ませることが多かったのだが、五右衛門風呂が中間長屋の横手にある。そこに吉右衛門が自分で割った薪《まき》をくべて、水を汲んで温めたという。

「それは一向に構わぬが、この子供たちは……昼間はたしか、その男の子だけだったはず」

「はい。この子は啓太《けいた》といいます」

母親も一風呂浴びて、濡れて艶《つや》やかな髪を束ねているので、妙に色っぽい。他に三歳児を含めて、上は十二歳から、男女合計で四人の子供がいる。

「上から、正太郎《しょうたろう》、おみな、啓太、おかよです。どうぞ、よろしくお願い致します」

「――よろしくって……」

さすがに和馬は困惑して、何と言ってよいか言葉を失った。

「いやいや、さすがは和馬様。困った人を見捨てることはできないのですな」

吉右衛門が小さな女の子の体を拭いてやりながら、

「みな私の孫くらいの子供ばかり、楽しませて貰いました。実は、このおっ母さんは……ああ、名はお玉《たま》さんですが……子供四人もいながら、亭主に先立たれ、仕事もきちんとできず、物乞いをしているとのこと……あまりにも不憫《ふびん》ですな。和馬様がお声をかけたので、死なずに済んだとか」

と、お玉から聞いた話を説明した。

「死なずに済んだ……？」

「他の子供らも、あちこちの大店《おおだな》の前で物乞いをしたり、釘などの鉄屑《てつくず》や壊れた薬缶《やかん》などを売って糊口《ここう》を凌《しの》いでたらしいのですが、もはや限界だと、この子供たちを道連れに竪川に身投げをするつもりだったとか」

「──そうだったのか、女……」

「はい。でも、殿様が現れて、あんな大金を恵んでくれた上に、いつでも訪ねてこい……そのお情けに涙が出ました。図々しいとは思いましたが、お言葉に甘えて」

「まあ、よい……家族が増えた気持ちだ。飯も大勢で食べた方が楽しいゆえな」

「大勢で食べた方が楽しい……」

「それはそうだ。いつもはひとり……いや、この吉右衛門とふたりゆえ、息が詰まる」

和馬がそう言うと、冗談とは分かってはいるが、吉右衛門は真顔で、

「愛想なしの年寄りで申し訳ございませぬ」

と返した。

その夕餉は、まるで子沢山《だくさん》の夫婦者とご隠居という雰囲気で楽しく、夜が深まっても子供たちは、はしゃぎ続けていた。

異変が起きたのは、翌日の昼過ぎのことだった。

大人が数人と子供が十二、三人、高山家を訪ねてきて、中間部屋はもとより、屋敷

の内の座敷や庭で遊び廻っている。大人も男女が半数ずつくらいであろうか。まるで物見遊山《ものみゆさん》にでも来たような、はしゃぎようである。いつもはがらんどうのような屋敷内が、窮屈に感じた。

「これはまた、どういうことだ……」

戸惑うばかりの和馬に、お玉は深々と頭を下げながら、

「知り合いの暮らしに困っている人に話したら、集まってきたんです。殿様なら助けて下さると思って」

「いや、しかしな……」

「それに、大勢でご飯を食べる方が楽しいと、殿様はおっしゃられました」

「それと、これとはなア……」

「寝泊まりする所がないのです。店賃《たなちん》が払えなくて追い出され、夜は神社の境内などで過ごしてるのです。この寒空では凍え死んでしまいますから」

「──そうだな……困ったな……」

さしもの和馬も、これほどまで一度に押し寄せられては、面倒の見ようがなく、溜息が出るばかりであった。

だが、なぜか吉右衛門は嬉しそうに、みんなの面倒を見ている。熱心に、子供らに

読み書きも教えていた。もちろん、何もかも吉右衛門がやるわけではない。大人たちには薪割りや水酌みなどをさせ、子供らにも芋剝《いもむ》きや野菜洗い、米磨《と》ぎなどを手伝わせ、女たちには洗濯や繕《つくろ》いものをさせた。

傍《はた》で見ていると、実に吉右衛門は人あしらいが上手《うま》く、屋敷で世話になっている人たちは喜んで手伝っているのだ。もっとも、それらはすべて自分たちのためである。

「寝る所と飯にありつけることが、こんなに幸せなこととは……」

と感嘆の声で礼を言われる和馬は、もはや出ていってくれとは言えなかった。

その翌日も、噂を聞いた人々が二十人ほど訪ねてきた。こんなに食うに困っている人がいるのかと、逆に和馬は驚いたくらいである。できるだけのことは施そうと思ったが、先立つものが乏しくなっている。正月を越して、二月まで次の俸禄米はない。

「——さてもさても、どうしたものかな、吉右衛門……」

和馬も音《ね》を上げそうになったが、「自分が撒《ま》いた種でしょう」と吉右衛門は笑っているだけである。たしかにそうかもしれぬ。最初に声をかけた親子の噂を聞きつけたのか、我も我もと押し寄せてきたのである。

とはいえ、ひとりでは限界がある。和馬はみんなを助けてやりたい気持ちは山々だが、どうしたものかと途方に暮れた。

「さよう。ひとりでは、できることに限りがあります。なんとか、できる方法を考えて、実践するしかありませぬな」

「どうすればよいと思う」

「はて……和馬様なら妙案が浮かぶでありましょう」

他人事《ひとごと》のように言って、吉右衛門は福々しく笑うだけであった。

二

旗本や御家人の中には、不足した金を補うために、空いた部屋を貸して家賃を取っている者もいる。一応、禁止されていることだが、大目に見られていた。町年寄であっても、拝領屋敷を賃貸して、収入にあてている。

ゆえに、和馬も誰かに貸して、糧にしようかと考えたこともある。だが、禁じられていることをしてまで、人助けに金を使うのは、襟を正さねばならぬ旗本としては、できないことであった。

雑魚寝《ざこね》をしても窮屈になるほど、人が増えてきて、和馬は本当に困ってしまった。しまいには自分の寝所のすぐ近くまで、見知らぬ者たちが寝るハメになった。

かような噂が、上役の小普請組の組頭・坂下善太郎《さかしたぜんたろう》の耳に入ったのか、様子を見に訪ねてきた。子供たちが遊び廻っているのはまだしも、大の大人が昼間から寝転がっている姿には、辟易《へきえき》とした顔になり、

「高山。これは、どういうことだ。有り体《あてい》に話せ」

と眉の濃い、いかつい顔で命じられた。

組頭は、小普請組支配のもとで、旗本の面倒を見る役職で、家禄に関係なく二百俵の役料が付き、江戸城での焼火《たきび》の間《ま》詰めであった。職としても留守居組頭の上座である。

将軍綱吉《つなよし》と家宣《いえのぶ》の頃に、館林《たてばやし》と甲府《こうふ》の両藩士が大量に幕臣となったが、その人数に見合うだけの役職がないため、無役の旗本と御家人が増えた。その世話役とはいえ、実は、駄目な旗本を辞めさせる、御家断絶とはいかないまでも、浪人にしてしまう〝不良旗本〟を探す役目もあった。

役職に就いている旗本でも、〝御役御免〟や〝御番不相応〟となれば、小普請組に一旦は組み込まれる。だが、一度、辞めさせられた者には、再度の起用はできないようにする制度があった。

つまり、「無能」という烙印を押されるわけである。この烙印を押されると、二度

と役職に就けないどころか、何らかの落ち度を咎《とが》められ、旗本からも外されるのだ。

組頭は、無能な旗本を探す役目があったわけだが、この組頭に無能な者がいたのも事実である。坂下善太郎は、小普請組旗本からあまり評判が良くなかったが、親戚筋に小普請組を支配する若年寄がいるとかで、組頭を拝命していた。小普請組支配の大久保兵部の引きも良かった。

坂下は叱責するように、執拗に何故、このような物乞い同然の者たちを集めているのかと問い質《ただ》した。

「どういうことだ。徒党を組むことは、幕法では厳罰に処される。おまえは、こやつらを使って何を企んでおる」

悪いことでもすると決めつけている。過日、銅吹所に関して人々を煽動して、町奉行を動かしたことにつき、大久保は警戒していたのだ。またぞろ何かしでかすのか、案じていたのであろう。

「いえ、坂下様。ちと情けをかけすぎたがため、住む所もない者たちが、こうして集まってきたのです」

和馬は顚末を説明したが、坂下はすぐには納得せず、

「言い訳はよい。そもそも、ここは公儀からの拝領屋敷である。おまえが好き勝手に

使うことは許されておらぬ。中間や小者であっても、某《なにがし》を屋敷に雇い入れたと届けねばならぬ規則を知らぬわけではあるまい」

「奉公させているのではなく、いわば雨宿りみたいなもので、いずれ出ていきますれば、ご安心下さいませ」

「それが言い訳だというのだ。よいか高山、この不逞《ふてい》の輩《やから》をすぐに追い出すか、おまえが追い出されるか、どちらかだ」

坂下はきつく命じたが、和馬は納得できない顔になって、

「不逞の輩……誰がですか。ここにいるのは、食うに困っている人たちであって、何か悪いことをしている者ではありませぬ。年端《としは》もいかぬ子供だっている。ご覧になれば、お分かりになるでしょう。それとも坂下様は、雨宿りに軒下も貸さないお人なのですか」

「軒下どころか母屋を乗っ取られているではないか。旗本としての矜持《きょうじ》がなっておらぬ。よいか、ここは拝領屋敷である。即刻、追い出せ。できぬときは、おまえが決して役職に就けぬよう、上に報告する」

「大久保様にですか。言いたければどうぞ。私は坂下様のように、自分が出世したいために、人の首を切るような役目なら、端《はな》からご免被《こうむ》るところです」

「な、なんと……上役に向かって……愚弄する言葉……」

「私はてっきり、ここにいる半数くらいは、坂下様が引き取ると言いに来たのかと思いました。民に情けをかけずして、何が旗本ですか。違いますか」

和馬が語気を強めるたびに、その場にいた人たちは黙って見ていた。子供たちも遊ぶのを止めて見ていた。その痛いばかりの視線を感じながらも、坂下は言った。

「ああ、違う。我ら旗本は、上様の家臣である。忠心を誓うのは上様に対してだ」

「おっしゃるとおりです。その上様は、民百姓は国の宝だとおっしゃっております。その民百姓を大切にすることこそが、忠義だと思います……四十七士のように仇討ちするのが忠義とは思いませぬッ」

「き、貴様……！　よくも儂に喧嘩を売ったな。篤《とく》と覚えておけッ」

苛立《いらだ》ちを隠しきれずに罵声《ばせい》を浴びせると、坂下はその場にいる男たちにも、

「おまえら無宿者みたいな輩はいずれ悪いことに手を染める。いや、この中にも既《すで》におるやもしれぬな……この役立たずの者めらが！　無役の役人に、いい年をこいた無職が頼ってるのか。ぶはッ。世も末じゃのう。いいご身分じゃのう」

忌々《いまいま》しく顔を歪めて、坂下は嫌味な言葉を吐き捨てて立ち去った。だが、その場にいた男たちは、手を叩きながら、「尻尾《しっぽ》を巻いて逃げやがった！」「あほ役人めが！」

「口だけの無能は、おまえだ！」などと罵《ののし》った。

それはそれで、和馬は困った。下手《へた》に怒らせると、坂下は厄介な奴だと知っているからだ。どのみち、面倒を背負い込んだなあと和馬は思ったが、ふと見ると、また吉右衛門はニマニマしているだけだ。

「分かってるよ……自分が撒いた種だろ。悪い目が伸びてきたら、自分で刈り取るから心配するな」

和馬は言ったが、吉右衛門は首を振って、

「いえいえ。良い苗が育つかもしれませんぞ。和馬様の手入れがよければですが」

「──手入れ、な……」

「はい。さっき、坂下様は良いことを言いましたな」

「え……？」

「無役の役人に、いい年をこいた無職が頼ってる……しかし、〝無用の用〟という言葉がありましてな、ボサーッとしてることも大切だってことです……人とてそう。無役は無役なりに役に立つ」

「かなあ……」

「しかし、職があって実入りがあれば、誰しも物乞いなんぞしますまい。ここにいる人が何らかの仕事に就くことができれば、みんな出ていきますよ」

笑って頷く吉右衛門を見つめながら、

「なるほど。そういうことか。無役が役職を貰うのは大変だが、仕事を探すのはさほど難しくあるまい。なるほど、そうだな」

と和馬は膝を叩くと、何かを思いついたのか、すぐさま屋敷から走って出ていくのだった。その意味なく元気に突っ走る姿が、吉右衛門は好きだった。

南六間堀町《みなみろっけんぼりちょう》の一角に、ひっそりと『相模屋《さがみや》』という口入れ屋がある。

口入れ屋とは、今でいう人材派遣会社とか職業斡旋業というところで、年季奉公の仕事から、大工や人足などの日雇い、武家の中間、水茶屋の女、芸人の世話まで多岐に及んでいた。中には、浪人相手に武家奉公の仲介をする所もあった。

当時は、長屋の大家などが住人の身許《みもと》などを管理していたが、住民台帳にあたる人《にん》別帳《べっちょう》があった。この人別帳から外れた者が、無宿人と呼ばれる者たちだが、大概は親に勘当されたり、村八分にされた者、罪を犯して逃げている者たちだった。

そんな無宿人でも、口入れ屋が身許引き受け人となって、仕事を斡旋したが、近頃、意外に多いのが武家の奉公人だ。和馬もそうだが、奉公人を雇うことができない武家が、必要なときに人員を集めるために、口入れ屋を使った。参勤交代や公儀普請のときに足りない人数を世話するのだ。

口入れ屋が身許引き受けできない無宿人たちは、手配師といういわば免許のない者が仕事を斡旋していた。日雇い仕事をしながら、奉公先が見つからないと、本当に物乞いするしかない。中には、物乞いを集めて、願人坊主や瞽女《ごぜ》に仕立てていたあくどい者もいた。それほど食うということが、大変だったのだ。

口入れ屋『相模屋』は和馬の顔見知りでもあり、自分も世話になっていた。が、屋敷に入り込んだ者たちの仕事を探してくれと頼んでみたものの、

「旦那様……それは無理というものでございますよ」

と主人の仁兵衛《にへえ》は断った。

「どうしてだ。もし、身許証人が必要ならば、俺がなってやろう」

「いえいえ。それは無茶です。旦那様が慈悲深いことは私も知っておりますが、天下の道理が通りません」

「では、このまま飢え死にせよというのか」

「お言葉ではございますが、病《やまい》で寝たきりだとか、大怪我で手足が動かないとか、そういう人ならば致し方ないので、何らかの面倒を見るべきでしょう。そのために、町々には互助の仕組みがあります」

「だったら、互助を使うのはどうだ。町入用から何とかならぬか」

「なりません」

仁兵衛はキッパリと言った。

「それは、町々の人たちが、町名主の管理の下で積み立てたものですし、そもそも町内の方に何かあったときや、仕事を終えたご老人たちのためです」

「承知はしておるが……働き口さえあれば、なんとかなると思うのだ」

「さあ、どうですか。やる気があれば、ちゃんと稼げたはず。自業自得《じごうじとく》なんです、そういう人は……中にはいるのです。仕事の紹介はしたけれど、あれはいやだ、これは嫌いだとすぐに投げ出してしまう人が」

「まあな……」

「それで誰にも信頼されなくなり、職を得られないのです。働かざる者食うべからず。私はそう思いますよ。ですから、旦那様も、親切は結構ですが、つまらぬ人間にまで施しをする必要はないと思います」

キチンと仁兵衛が説得したとき、ぶらりと北町同心の古味覚三郎が入ってきた。いつもむさ苦しい熊公と一緒である。

「話はちょいと聞いたが、高山様……人が好《よ》いのも程々にしないと、本当にお旗本としてもオシマイになりますぜ」

「え……？」

「あなたが雇った吉右衛門ってご隠居は、とんだ疫病神《やくびょうがみ》かもしれやせんよ」

「なんだと……」

半ばムキになる和馬を、古味は十手《じって》を掲げて止めて、

「旦那の屋敷の中には、強請《ゆす》り騙《かた》り、いや人殺しの類《たぐい》がいるかもしれやせん。ちょいと調べさせて貰っていいですかい」

と訊いた。

「どういうことだ」

「武家屋敷の中は、それこそ咎人《とがにん》にとっては安楽な所ですからね。中に入って調べさせて貰うか、そうでなきゃ、追い出すか……やってくれませんかね」

「——組頭の坂下さんに頼まれたか。手廻しが早いな」

「違いやすよ。拙者の探索です。旦那のためを思っているのですよ。たとえば、お玉という女……ありゃ、前々から町方で追いかけてる掏摸《すり》ですぜ。一緒にいた子供ら、あれは自分の子じゃない」

「えっ……」

「ほら、知らなかったでしょ。まあ、子供も捨て子同然だから可哀想《かわいそう》なんだが、自分に同情させる手立てとして抱《かか》えてるだけの、赤の他人なんだ。さあ、どうします」

古味の話は俄《にわか》には信じられなかった。如何にも可哀想な親子にしか見えない。たしかに、その後で、どんどん人が増えたのには困ったが、悪い人間たちには見えなかった。

「だから、旦那は世間知らずなんですよ。拙者が奴らの埃《ほこり》を叩き出してみせましょう」

自信に満ちた古味に対して、和馬はすっかり意気消沈してしまった。

三

高山の屋敷に入ってきた古味の姿を見るなり、「うわっ」と声を上げて逃げ出す男たちもいた。臑《すね》に傷を持つ者であろう。一宿一飯の恩義どころか、

「てめえ、はめやがったな！」

「やっぱり、侍は信用がならねえッ」

「親切ごかしは、このためだったか、こんちくしょう」

などと悪態をついて走り去る者もおり、あっという間に半分ほどがいなくなった。

その様子を見て、和馬は胸が痛んだ。悪い奴らだったと思ったからではない。親切を踏みにじられたからでもない。ただ、人と人の繋がりがあまりにも脆弱《ぜいじゃく》だということに、がっかりしたのである。

「分かったでしょ、旦那……」

それ見たことかとばかりに、古味は苦笑した。

「親切を装う悪もいる。人様の親切につけこんで悪さをする者もいる。人にはね旦那、裏表がある。顔には見せない、小汚い、自分勝手な、さもしい闇があるんですよ」

「そんなことは……」

「俺たち町方同心は、毎日のように罪人と接しているから、本当にいい人間と悪い人間が分かるんだ」

「世の中、悪い人間なんかいない。何らかの事情で、そうせざるを得ないだけだ。悪党と決めつけず、キッカケがあれば立ち直れる。立ち直れるということは、性根まで腐っていないということだ」

「その性根が腐りきってる奴は幾らでもいる。生まれつき腐った奴もいる。そんな腐った奴らが、罪のない人間を殺したり騙したりする。違いますか、旦那」

「違う。断じて違う」

キッパリ言った和馬に、古味は冷ややかに笑みを浮かべるだけであった。

「この俺だって、一歩間違えば何をしでかすか分からない。十手を持ってるから、かろうじて理性とやらを保ってる。善人も悪人もない。あるのは、罪を平気で犯すか、犯さないかの違いだ」

「………」

「どんなに貧しくても、世の中を恨んでても、まっとうに暮らす奴もいりゃ、恵まれた家で生まれ育った人であっても、平気で悪さをする者もいる。それだけですよ」

古味は鋭い目つきに変わって、

「悪さをした奴をとっ捕まえて処罰する。悔いたって後の祭りだ。殊《こと》に死んだ人間は帰って来ねえ……相応の罰を科すまでだ」

と言いながら、縁側に座って繕いものをしているお玉を見やった。

「なあ、お玉……おまえにゃ子供がいないよな。産んだことすらない。違うか」

素知らぬ顔をしているお玉に近づいて、古味は十手の先で軽く肩を突いた。そっぽを向くとその方に熊公が立った。

「掏摸じゃ捕まったらまずいから、今度はこの旦那を騙して屋敷に入り込み、金目の物でも持ち去ろうって魂胆か、え？」

「………」

「素性はバレてんだ。大人しく縛《ばく》に付くか」

「さあ、私、何もしてませんけど」

白々しく答えるお玉の腕を、熊公がぐいっと握った。関取みたいに太い腕だから、お玉の腕は竹細工のように折れそうだった。

「痛い、痛いよ……何をするんだい……放して下さいな」

「じっくり番屋で訊くから、来な」

「やめて下さい。たしかに私は、掏摸をしたことがあります。その時は旦那に捕まりました。そして、女牢にも入れられた」

お玉は気丈に言い返した。

「でも、その時だけです。しかも、幼い子供の薬欲しさだった。なのに、私はお縄になって入牢の上、敲《たたき》にされて、長屋にほったらかしにされた子供は……死んだ」

「嘘ですぜ、旦那」

すぐに古味は、和馬の方を見た。

「息を吐くように嘘をつく、ってなあ、この女のことだ。長屋にいたのは赤の他人の子供、しかも流行病《はやりやまい》が酷《ひど》くて、余命幾ばくもなかった。おまえが掏摸を働くことと、何の関わりもなかったんだよ」

「おや……人様のために働いちゃいけないのかい。人の子が困っているのに、助けてあげちゃいけないってんですか」

ムキになって、お玉が語気を荒げると、熊公がさらに腕に力を込めた。

「何を居直ってやがる、このアマ」

「痛い……痛いって……」

眉間に皺を寄せるお玉に、古味は顔を近づけて、

「おまえは義賊を気取りたいのか。百歩譲って、人様のためであっても、盗みは罪だ。十両盗めば首が飛ぶんだよ」

「じゃあ、首を刎《は》ねて下さいな。私は、あんな可哀想な子を放っとくくらいなら、首を刎ねられる覚悟で盗みでも何でもしますよ……捨て子をほったらかしにして、ろくに食えない子供を見殺しにして、何が町方同心だ。おまえらの方が鬼夜叉《おにやしゃ》じゃないか！」

「なんだと」

「私はね、ある所からない所に運んでるだけだ。それの何処《どこ》がいけないんだよ！」

古味は思わず十手でおんなの頬を叩こうとした。その腕にバラバラッとどんぐりが飛んできた。幾つかは古味と熊公の顔に当たった。「痛え」と払って振り返ると、吉右衛門が笊《ざる》を抱えて立っていた。

「相済みません。庭石に躓《つまず》いて……どんぐりが飛び散ってしまいました。なにね、子供たちとこれで遊んでたんです」

「──わざとだろう、じじい」

「いいえ、決して……でも、ちょこっと聞いておりましたが、お玉さんは何の咎でお連れになられるのですか」

「掏摸だよ」

「それについては、もう罰を受けたのではありませんか？」

「余罪があるかもしれぬから、調べてるのだ」

「では、他にやったかどうかは、まだ分からないのですね」

「──何が言いたい、じじい」

憤懣やるかたない顔になる古味に、吉右衛門はにこにこと笑いながら、

「他の掏摸をした証拠とか、被害がないのなら、きちんと証《あかし》を持ってこないといけないのじゃありませんか。このお玉さんは、うちの主人がたまたま通りかかってお金を

恵み、そして、うちに訪ねてきたので、助けて上げただけです」

「だから、それを隠れ蓑《みの》にしてだな……」

「まだ盗まれた物もありませんし、きっと、そんなことをするつもりはないと思いますよ。子供たちだって、本当の親子じゃなくたって絆《きずな》があればいいじゃないですか」

吉右衛門は深々と頭を下げて、

「今日のところは、どうぞお引き取り下さい。お玉さんをどうこうするよりも、さっき逃げていった人たちを捕まえたら如何《いかが》でしょう。何か後ろめたいことがあるから、旦那の姿を見て飛び出していったのでしょうから」

と頼むと、お玉を突き放して、どんぐりを浴びて苛立った熊公が近づいてきた。

「御用の筋だ。いい加減にしねえと、じじいだからって容赦しねえぞ」

「何か、私がいけないことを申しましたでしょうか」

「このやろう」

熊公が摑みかかろうとすると、吉右衛門は慌てて避けようとして、また躓《つまず》いてしまった。丁度、相手の懐の内側に入る格好になったので、お玉たちはまずいと思ったが、次の瞬間、吉右衛門が横に身を躱《かわ》すと、熊公は勢いのまま庭の池に落ちた。

ドボン——と豪快な音がした。

見ていた和馬は腹を抱えて笑いながら、

「吉右衛門は人を池や川に落とすのが上手《うま》いなあ。見事な護身術だ」

と誉め讃えた。

熊公は池の中で立ち上がり、「このやろう」と怒りにかまけて踏ん張ろうとして縁石で滑って、また池に転がり落ちた。

お玉も笑うと、子供たちも囃《はや》し立てるように手を叩き、踊りながら笑い合った。

「古味様。お玉さんは、悪い人じゃない。もし、嘘をついているとしたら、それは女が弱い生き物だからでしょう。力では男に負ける女は、頭で勝負しますからな」

「………」

「お玉さんは捨て子や、親に訳あって孤児《みなしご》になった子らを、なんとかして、ひもじい思いから救いたいだけなんです。ゆうべも、そんな話を聞きましてね、旦那様と共に何か良い手立てはないかと考えておりました。古味様も良い知恵を授けて下され」

深々と頭を下げる吉右衛門に、古味は不快に唇を歪めて、

「いい気になるなよ、じじい。おまえの素性だって怪しいものだ。いずれ暴いてやるからな、覚えておけ」

と踵《きびす》を返すと、熊公も慌てて追いかけた。

「あ、気をつけて下さいよ。その辺りにも、どんぐりが沢山転がってますから」

吉右衛門が声をかけたとき、ふたりとも玉の上で転がるように仰向けに倒れた。歯嚙みしながら立ち上がって、門から出ていく古味と熊公を、お玉も笑って見送っていた。

四

両国橋西詰《りょうごくばし》めには様々な出店や見世物小屋、茶店や矢場などがあって、縁日のような賑わいを見せている。近くの柳橋《やなぎばし》や対岸の両国橋東詰は瀟洒《しょうしゃ》な船宿、小料理屋や赤提灯などが並ぶ大人の町であった。

その一角、回向院《えこういん》の側《そば》に、小さな船宿があり、二階奥の一室に、小普請組支配の大久保兵部が、高膳を前にして酒を飲んでいた。

傍《かたわ》らには、組頭の坂下がおり、酌をしている。

「――なんと……高山め、咎人を屋敷内に匿《かくま》っていたというのか」

大久保は忌々しげに杯を傾けると、坂下はさらに注いで、

「当人は、施しをしていただけだと言ってますが、中には無宿人もおりました。北町

の古味という定町廻り同心に調べさせたところ、逃げて行方知れずになったのもおりますが、三人ばかり捕らえたそうです」

「その咎人を高山が匿っていたとなれば、罪を問えるな」

「はい……ですが、大久保様は何故、高山のことを毛嫌いしているのですか」

「ただ虫が好かぬだけだ」

杯を叩きつけるように高膳に置くと、立ち上がって障子窓を開けた。外は大川に面しており、両国橋が見える。その向こうには、江戸の夕景が広がっており、潮を含んだ風が吹いてきた。

「そうでは、ございませんでしょう。ただ無役の旗本を改易《かいえき》したいだけではございますまい。他に何か理由でも」

坂下が尋ね直すと、遠い夕景を眺めながら、大久保は言った。

「小普請組は無駄飯食らいと非難されておる。その数を減らすのが、我らの支配役、若年寄から命令されていることだ。そのために不要な旗本や御家人を選んではおる」

大久保は屋敷に、処理すべき人員の名簿を保管しているという。小普請組は実際、家禄のある浪人であり、

――不相応者、病気者、幼年ともお役金が出る。

と、からかわれるくらいで、幕府としても悩みの種であった。

また、無役の旗本や御家人の中には、いわゆる不良旗本たちが、かなりいた。

——小普請は公儀おきてを知らずして、自まま気ままの不行跡あり。

つまり、〝傾《かぶ》き者〟と呼ばれる者だ。まるで歌舞伎《かぶき》役者のようないでたちで、町中を闊歩《かっぽ》し、手当たり次第に因縁を付けて金を巻き上げたり、女たちを屋敷に連れ込んで手籠《てご》めにする輩だ。

地廻りのやくざと張り合って、俠客紛《きょうかくまが》いのことをしたり、屋敷内に賭場《とば》を開いて素人《しろうと》から金を巻き上げたりと、明らかに法を犯している旗本や御家人はすぐに処分できた。

だが、和馬のように何も悪いことをしていない者を咎めるのは、無理な話である。

ゆえに、難癖を付けて失態を煽《あお》り、改易にするという手段が選ばれていた。

「箸《はし》にも棒にもかからない奴ならば、逆に追い詰められるが、落ち度のない者にも言いがかりをつけよ。若年寄の命令とはいえ、これがなかなか難儀でのう」

「私も高山のことは、どうも好きになれませぬ。理由はおそらく大久保様と同じだと思いますが、なんというか……正義を振りかざすところが青臭く、己が正義のためならば、周りも秩序もお構いなしというところが、法を預かる我ら旗本の仕儀とは思えませぬ」

坂下は大久保におもねるように、思いの丈《たけ》を伝えた。

「おう、そのことよ……奴のお陰で、俺は若年寄に叱責された」

「叱責……」

「いつぞやは、おぬしを飛び越して訴えてきた。それが正論だったから、北町奉行の遠山が動いた。それによって、幕閣でも高山のことが評価されたため、『無役の者に頑張られては困るではないか』と若年寄に責められたのだ」

「汚れた川のことですね」

「それもあるが、奴めは、哀れな者たちに施しをしているそうだな。それだけではなく、火事や地震で被災した者をどうにかせよと、町奉行所に再三、訴え出ておる。つまり、己が分を超えたことばかりしおる。その度に、小普請組支配の儂が、管理不足と咎められるのだ」

小普請組は雇用予備組だから、禄高に応じた普請金を持参し、月に三度、大久保のような支配屋敷へ出仕した。話すことは、隠居するとか、相続はどうするか、養子縁組くらいのことで、実りのある内容はない。

だが、和馬は常に、仕事に困っている町人をどうするか、災害に遭った人をどう援助するか、病が広がらないようにどう対策を立てるかなどの提案書を持ってくるのだ。

「自分が無役の癖に、人の心配をするなといつも言うのだがな……儂はこれ、役職欲しさにしてることだと思うておる」

事実、立派な提案書を見せるだけで、役職に就いたら何もしない小普請組旗本はいくらでもいたのだ。

苛々《いらいら》と振り返った大久保はまた座り、手酌で酒をあおると、坂下も溜息をつき、

「——なるほど、困った奴ですな……ですが、ふつうならば、評価を得た高山は、何らかの役職に就き、小普請組支配でなくなりましょう。そうなれば、大久保様の余計な憂いもなくなるのではありませぬか」

「そこよ、難儀なのは……」

「と申しますと……」

大久保は少し声を低めて、坂下に囁くように言った。

「奴が役職に就いたり、出世されたりしたら困る人がおるのだ」

「えっ……」

「奴の正義感は見かけだけではなく、親父譲りのようなのだ」

坂下はよく承知していなかったようだから、大久保が簡単に説明をした。父親の俊

之亮は、時の勘定奉行の不正を暴き、辞職に追い込もうとしたことがある。だが、その直前、自ら暴露を諦め、その後、病死した。

「――その事実を知った高山は、俺に問いかけにきたことがある」

「事情をご存じなのですか、大久保様は」

「ああ。知っておる。その頃、俺は目付を拝命しておったからな、高山俊之亮の動きを逐一、若年寄に報せておった……高山は間違ったことはしてはおらぬ。だが、勘定奉行の不正がバレれば、その若年寄にも累《るい》が及ぶ」

「その若年寄とは……」

「言わせるな。知らぬが仏だ……ただ、その若年寄だけではなく、この儂も危惧しているのは、ああいう奴は、幕府の中ではいずれ邪魔になるということだ……高山和馬が父親のように、不正に立ち向かうことになれば、迷惑がかかる役人が増える」

「だから、若年寄は大久保様に命じて、踏み潰してしまおうと……なるほど、その若年寄とは、越智能登守《おちのとのかみ》様ですね」

坂下が確信を得たように言うと、大久保は睨み返しただけであった。なんとしても、和馬の邪魔をしなければならぬと、坂下は心に刻み込むのであった。

その高山の屋敷では、相変わらず十人ばかりの人々が身を寄せていて、吉右衛門が頼む、ちょっとした仕事をこなしていた。

中には植木職人や大工仕事の見習い、あるいは板前の修業をした者もいた。それどころか、ちゃんと自分の店を持っていた洗い張り屋や小間物屋もいたのだ。

「だけどよ……この不景気で、俺たちの方には仕事が廻ってこないんだよ。儲かるのは大店ばかり。日銭もろくに稼ぐことができず、店を手放さざるを得なかった」

もう四十半ばだという男は、来《こ》し方を振り返りながら、そう言った。女房も子供も何処かに出ていって、自分は橋の下で暮らしているも同然だと話した。

同じような境遇の者たちは、火事などがあると炊き出しが出るので、被災者のふりをして、そこで飯にありついたという者もいる。

「自分は元々、家なしなのに、雑炊《ぞうすい》を貰っていいものかどうか、そんなことでも悩んだ……でも、背に腹は代えられねえ」

たった一杯の粥《かゆ》を恵んで貰うだけなのに、罪悪感を抱くのは、その人間が正直でまっとうな証だ。それを十把《じっぱ》一絡《ひとから》げにして、無宿者や咎人扱いにする町方役人のやり方に、和馬はすっかり頭にきていた。

「気持ちは分かりますけどね、和馬様……このままでは、何も解決しませんよ」

吉右衛門は問いかけた。

「どうしたら、よいとお考えですか」

「そうだな……小普請組なのだから、公儀が何か普請をすればよいな。さすれば石高に応じて、うちの場合なら二名の人足を出さねばならぬ。小普請組はなんと大身《たいしん》の旗本から御家人まで含めて四百家もあるから、千人余りが職を得ることができる」

「ですが、人足代は持ち出しですぞ。そもそも、小普請金はあれ、補修費の分担ですからな、こっちが損をするのです」

「人足代の負担は、公儀から俸禄を受けている旗本が出して当たり前だ。それより、働き口を作ってやることが大事なのだ」

「おっしゃるとおりです。雇用を生まねば、稼ぐことができませぬからね。でも、それを、どうやってやるかです。公儀普請と申しましても、無理に作るわけにも参りますまい」

江戸の町の普請は、町名主や大店など裕福な商人らが資金を出して、大工や鳶《とび》、左官などに仕事をさせた。道や石垣、地中に水を流す木管や溝《どぶ》の修繕なども、町入用などで賄《まかな》われた。

大きな公儀の普請としては、水害などで河川が氾濫した後の護岸修復や橋の普請、街道の整備、新田開発に伴う治水事業などがそうである。鉄砲洲《てっぽうず》など江戸湾の船着場などに関わる普請から、江戸城の濠《ほり》や江戸市中に流れる堀川の修繕などもある。これらは、普請奉行、小普請奉行、作事奉行らの指揮によって執り行われ、当然、勘定奉行によって財務管理される。

かつては、手伝い普請といって、大名の負担で行われていた事業も多かったが、各藩の財政を逼迫《ひっぱく》させた。よって、事業を落札した普請請負問屋が取り扱うことが増えた。いずれにせよ、普請があることで、人足は食い扶持を得られたので、町内の小規模な作事であっても、ありがたかったのである。

だが、無役の旗本というのは、いわゆる〝訳ありなお殿様〟だから、本当に普請を頼む請負問屋はいない。

小普請組の中には、幼年や病気の者、〝しくじり者〟もいた。きちんと仕事ができるかどうか、信頼に欠けていた。幕府にも町人にも、お荷物だったのだ。とはいえ将軍の家来であるため、無下《むげ》には扱えない。

「だから、小普請組の頼みは敬遠し、なかなか聞いてくれないのでしょう……はてさて、どうしたら、人々が聞いてくれると思いますか、和馬様」

吉右衛門はまるで子供に宿題を出しているかのように問いかけた。

「ふむ……口入れ屋には断られ、公儀普請もままならず、町場の請負問屋からも迷惑がられて……俺たちは何なんだろうな」

「そんなことは尋ねておりません。さて、如何なさいますかな」

なんだか楽しそうに、吉右衛門は笑った。その目が、遊んでいたお玉の〝子供〟たちに移った。脇を擽《くすぐ》ったりして、ふざけ合いながら門から出ていったのを見て、

「お玉さんや、あの子たち……小さなおかよちゃんまで」

「大丈夫ですよ。お世話になっておきながら何ですが、きっとお屋敷内に退屈したのでしょう。正太郎が付いてますから」

見送ったお玉は、座敷や廊下の掃除を続けていた。

五

正太郎、おみな、啓太、おかよたちは手を繋いで、富岡八幡宮の境内を歩いてきたが、突然、隠れん坊でもするようにバラバラに走り去った。

大きな樹木の陰に隠れたり、出店屋台の裏に身を潜《ひそ》めたりして、どう見ても子供たちが楽しそうに遊んでいるようだった。

しばらくすると、三歳児のおかよが突然、

「えーん、えーん。お腹、痛いよう」

と泣き始めた。

すると、何人かの参拝客らが近づいてきて、「どうしたんだい」「おっ母さんはいないのかい」などと声をかけた。だが、おかよは両手を目に当てて、泣き続けるだけだった。

「お腹が痛いんだね。じゃ、お薬を上げよう。さあ、おいで」

立派な商家の旦那風が声をかけてきた。印籠《いんろう》から小さな丸薬《がんやく》を取り出すと、腰を屈《かが》めて差し出しながら、

「これで、すぐに直るよ、ほら」

と親切に言ったとたん、おかよはその手を差し出して、丸薬ではなく商人の足にしがみついて、えんえん泣き続けた。商人はしゃがみ込んで、他に通りかかった女たちも懸命に慰めようとした。

ちょっとした野次馬のように参拝客たちが集まった。その大人たちの間を縫うように、正太郎が入ってきた。事態を覗き込むふりをしながら、商家の旦那風の懐に手を伸ばし、素早く財布を抜き取ると、すぐさま立ち去った。

少し間があって、おみなが団子を持って駆けつけてきた。

「どうしたんだい」

声をかけると、おかよは「お姉ちゃん」と泣きべそをかきながら駆け寄った。心配げに見ていた大人たちに、

「すみません。団子を買ってた間に……」

と頭を下げて謝った。

「お姉ちゃんかい。小さな子なんだから、目を放しちゃだめだよ」

商家の旦那風が言ったが、その目は微笑んでいる。おみなはすぐさま、「御礼です」と旦那風に強引に団子を手渡した。すぐに懐の財布がないことに、気付かせないためである。

「お腹が痛いなら、食べられないので。ありがとうございました」

おみなは、おかよの手を引いて小走りで境内から、参道のある鳥居の方へ行った。

一方——。

境内の裏手の方に逃げていた正太郎は、ホッと一安心したのか、松の木の縁石に腰掛けて軽い溜息をついた。

その前に、古味が立った。いつも一緒の熊公はいない。

ギョッとなって正太郎が見上げると、古味は手を差し出して、「返しな」と低い声で言った。正太郎は惚《とぼ》けて、

「何をだい」

「見てたんだよ……やっぱり、てめえらは、お玉の手下ってことか。可哀想に、掏摸を仕込まれてたんだな」

「知らねえなあ」

「おまえ、いくつだ。ガキでも十五になりゃ、処罰される。一等減刑されても、罪を重ねてりゃ遠島だ。一生、四方荒海に囲まれた所から帰れねえどころか、そこで飢え死にするのが落ちだ。それが望みなんだから、嬉しいだろう」

正太郎はそっぽを向くが、古味は嫌味な言い方で続けた。

「熊公は、おかよたちを追いかけてる。とっ捕まえりゃ、すぐに白状するだろうよ。おまえたちはグルだってな。そしたら、お玉は死罪だ。おまえたちは二度と悪さをしなくて済む……どうだ。俺は優しい同心だろ？」

「——旦那みたいな酷え奴は、俺は見たことがねえよ。いや、今、見てるか」

「強がりはいいから、さあ、出せ」

古味は乱暴に正太郎の腕を摑むと、商人の旦那風から取った財布を出せと迫った。

正太郎は手を振り払って、境内の方へ逃げた。そこには参拝客が沢山いたが、カッとなった古味は追いかけて襟足《えりあし》を摑んで引き倒し、

「この盗っ人やろうが、痛い目に遭いたいかッ」

十手で額《ひたい》を打ちつけ、帯を解いて着物を引っ剝がした。手荒なやり方に、参拝客たちは神殿の前で罰当たりなと思いながら見ていたが、誰も止める者はいなかった。

「さあ、出せ！」

と古味はさらに責め立て、褌《ふんどし》一丁の裸にしたものの財布はなかった。

「——俺は、何もしちゃいねえ。人の財布なんか盗んでねえ」

大声で叫んだが、古味はさらに乱暴に引きずって、

「隠しやがったな。何処にやった……もうひとりチビガキがいただろう。もしかして、そいつにこっそり渡したな」

と責め立てた。それでも、正太郎は何もしてないと言い張っていた。

そこへ、おみなとおかよを連れた熊公が来た。さらに、その後ろからは、先刻の大店の旦那風が一緒についてきている。

「ほら、商人たちがやってきたぜ。観念しな、小僧ッ」

古味は正太郎の腕を摑んで立たせた。衆目の前で裸にされた正太郎は、ふて腐れた

ように「何もしてねえよ」と言い続けた。

「旦那の懐から、こいつが財布を盗んだのは、俺が見てたんだ。証人になって下さいよ。腹が痛いなんて言ってた、この小さいのも仲間なんだよ。旦那はハメられたんですよ」

鬼の首を取ったように古味が言うと、旦那風は懐から財布を出して見せ、

「私は掏られてませんよ、このとおり……なんですか、これは一体」

「えっ……」

目を丸くした古味は、旦那風の顔をまじまじと見て、

「いや、たしかに俺は……」

「とにかく私ではありませんので……それにしても、年端もいかぬのに酷いじゃありませんか。私は、金座の後藤家十三代目、三右衛門《さんえもん》という者だが……」

「ええ!?　あの……!」

「常盤橋《ときわばし》御門外、本石町《ほんこくちょう》にあるから、北町奉行所も近い。遠山様に伝えておきましょう。旦那の名前はたしか古味様……」

「いや、俺はその、そうではなく……」

言葉を濁して、古味はさっさと立ち去った。仕方なく熊公も追っていく。

金座後藤家は〝御金改役《ごきんあらためやく》〟として、小判、一分判、二分判などを鋳造し、金貨の鑑定や検印などを行っている。勘定奉行支配ではあるが、町奉行や寺社奉行はもとより、幕閣とも昵懇《じっこん》であった。

後藤家は、特権商人に過ぎないが、朝廷と大奥と並んで〝三禁物〟と称されるほど、家康公以来、幕府でも下手《へた》に手を付けられない存在であった。それゆえ、古味は関わりを避けて逃げ出したのである。

「大丈夫かね。今のは古味覚三郎という奴だが、評判のよろしくない同心でな、気をつけなさいよ」

後藤は着物を着ている正太郎に声をかけた。その着物が古味の乱暴によって、袖などが破れているので、

「これで新しいのを買いなさい」

と財布から一分銀を出して手渡そうとした。だが、正太郎は思わず断って、

「いえ、大丈夫です……おっ母さんは繕いものが得意なんで」

深々と頭を下げると境内の奥の方へ立ち去った。おみなとおかよも手を繋いで、正太郎が行った方へ歩き出した。

「——欲のない子だねえ……」

一分銀を財布に戻した後藤は、いい子に会ったという顔で見送っていた。

高山の屋敷に戻った正太郎は、蚯蚓腫《みみずば》れになっている額を、お玉に冷やされていた。掏摸に失敗して、古味に打たれたことをこっそりと伝えられると、

「ごめんね。私が不甲斐ないばっかりに」

と、お玉は謝《あやま》った。

「お玉さんのせいじゃねえよ。俺の修業が足りねえんだ」

正太郎が無念そうに言うのを、傍《かたわ》らで心配そうに、おみなとおかよも見ていた。少し離れた所で様子を窺っていた啓太に、正太郎は手招きした。正太郎が問い質《ただ》す前に、啓太の方から小声で話し始めた。

「ご隠居さんがいたんだ……あの吉右衛門さんが……」

啓太は、お玉にも聞こえるように囁いた。

「あんちゃんが、あの……後藤って人から掏った財布は、ちゃんと俺が受け取ったよ」

掏った後、正太郎は境内の奥に向かいながら、誰にも分からないように本殿の床下に投げ込んだ。そこには、啓太が隠れていて、持って逃げたのだ。万が一、役人に見られていたときのための目眩《めくら》ましだ。

予想外ではあったが、正太郎は古味に捕まって、えらい目に遭った。だが、啓太が反対側の床下から出たとき、誰かとぶつかったのだ。

「その相手が……ご隠居さんだった」

「うそ……」

お玉が思わず言った。

「ほんとだよ。おいらの顔をちらっと見たけど、そのまま立ち去った。そしたら、財布がない……だから、おいら尾《つ》けたんだ……ご隠居さん、あんちゃんが掏った相手を追いかけて、躓くふりをしたんだ。そのとき、相手が思わず抱きかかえようとしたので、その隙に……」

「財布を返したのかい」

吃驚《びっくり》したようにお玉が訊くと、啓太は何度も首を縦に振って頷いていた。

みんなが縁側を見やると、うたた寝をしている吉右衛門がゴホゴホと噎《む》せてから、寝返りを打った。

六

今日も、和馬は江戸市中をぶらぶら歩いていた。活気のある大店もあれば、貧民窟のような長屋もあれば、平穏な町屋もあるし、火事で大変な所もある。人それぞれの暮らしが違うように、町の顔も違う。

「――吉右衛門は、仕事にあぶれないようにするには、どうしたらよいかと簡単に訊くが、分かれば苦労せぬ」

永代橋《えいたいばし》の真ん中辺りで、江戸湾を見渡しながら、和馬はひとりごちた。

いつもなら、目の前の困っている人に少しばかり金を恵んで済んでいたものが、いざ大勢のことを考えると難しいものだ。和馬はしみじみ感じていた。

通りかかった大八車を曳《ひ》いていた人足が、

「まったくよう。金を取るくせにガタついててよ。ちゃんと修繕しろってんだ」

と吐き捨てるように文句を言った。

それを訊いた和馬は思わず振り返って、人足に尋ねた。

「今、何て言ったのだ」

「あ、いえ。旦那に言ったんじゃありやせん」

人足は肩を竦《すく》めて行き過ぎようとした。橋は緩やかに湾曲しているから途中で止まると、動かすのが大変なのである。和馬はその後を尾《つ》いていきながら、もう一度、訊いた。

「修繕がなんとかかとか言ってたが」

「見て下さいよ。そもそも大八車を通るようにしてないから、ガタつくんですよ。ま、それはいいとして、ここだけじゃねえけど、橋番で金を取られるでやしょ？ 金取るなら、もう少しキチンと修繕しとけって話でさ」

「この橋だけのことじゃないのだな」

「新大橋《しんおおはし》に両国橋、吾妻橋《あづまばし》もそうですがね……いや橋だけじゃねえよ。江戸市中には道も溝も、水道《すいど》だってそうだ。どこもかしこも古くなってるのに、ちっとも直しやがらねえ。こちとら、冥加金《みようがきん》や運上金《うんじようきん》を払ってるってのによう」

ここぞとばかりに、お上に対する文句を言ってから、

「あ、いや。旦那に言ったんじゃねえですよ。悪《あ》しからず」

と逃げるように下っていった。

「なるほど。よいことを聞いた。犬も歩けば棒に当たるという奴だな」

和馬は手を叩いて、南新堀町《みなみしんぼりちょう》の方に駆け出し、だんだん勢いを増して、一気に日本橋本通りの角地にある町年寄『樽屋《たるや》』まで駆けてきた。すぐ近くには金座がある。

町年寄とは、町名主の惣領ではなく、町奉行のもとで町政を司《つかさど》る重い任務がある。今でいえば東京副都知事であろうか。江戸町年寄には他に『奈良屋《ならや》』と『喜多村《きたむら》』があり、三家筆頭は『奈良屋』である。いずれも町人でありながら、先祖が武士であることもあって、苗字帯刀が許されている。

『樽屋』十四代目の藤左衛門《とうざえもん》は四十前の働き盛りだが、和馬は二、三度、普請のことで面識があったので、訪ねてきたのである。

町年寄は多忙なので、突然のことに戸惑ったが、小普請組とはいえ旗本を追い返すわけにはいかぬので、番頭の徳兵衛《とくべえ》が慌てて対応に出てきた。

「いつぞや、当家の普請を受けて、小普請組の我が組が人足を出したことがある」

和馬がいきなり話し始めると、徳兵衛は困ったような顔になった。

「さいでしたか……で、今日の御用向きは」

「その際に、当主の藤左衛門さんが話しておったのだが、江戸市中の〝修繕箇所地図〟というのを見せて貰った」

「あ、はい……」

「それは江戸城を中心とした、三里四方、いわゆる朱引き内の至る所の、直さなければならない石垣、石橋、木橋、水道橋、地下の水道木管、石管、河川の土塁、石塁、川底、桟橋、側溝、堀川、はたまた神社仏閣の山門、参道の石畳、公儀の蔵、船番所、材木場……など様々な所で傷《いた》んでいる個所を、書き記したものだった」

「ええ、ありますが……」

「それを貸して貰えないだろうか」

唐突な和馬の頼み事に、徳兵衛はさらに困惑したが、

「どうして必要なのですか」

と訊き返すと、和馬は朗々と話した。

「実はな、今、小普請組では、新たな雇用を生むために、公儀普請のみではなく、江戸市中に広がる様々な多くの普請を請け負うことになったのだ」

そのようなことは決まっていないが、大風呂敷をとりあえず広げたのである。

「今や、江戸市中には浪人や流れ者、無宿者が増えて、仕事が足らぬから悪さをする者も増え、石川島《いしかわじま》などの人足寄場《にんそくよせば》送りになる者もいる。かような者たちが増えれば治安も悪くなり、町政を預かる町年寄としてもよくあるまい」

「ですな……」

「そこでだ。小普請組支配が、さような輩を減らすためにも、あるいは貧窮させないために、職を求める者に対して斡旋をすることになったのだ」

「ま、まことですか……さような話は初耳ですが……」

「それはそうだろう。今、初めて言うたのであるから」

和馬は悪びれずに、思いの丈《たけ》をぶつけた。

「いわば、公儀による口入れ屋だ」

「口入れ屋……」

「さよう。小普請組支配、あるいは小普請組組頭が身許引受人となるから、面倒なことは起こらぬ。万が一、起これぱきつく処罰されるよう規則を作る。あるいは弁償をする」

「………」

「どうだ。そういう新しい制度を作ることによって、職を失う者が減り、悪さをする輩も減る。名案だとは思わぬか」

「おっしゃることは、分かりますが……高山様はどのくらいの権限で、おっしゃっておるのですか」

「話が分からぬ奴だな。だったら、ご当主を出してくれ」

強引に話を進めようとしていると、奥から藤左衛門が出てきた。和馬よりも、一周りほど年上の落ち着いた、いかにも真面目そうな感じである。すぐに折りたたんでいた紙を、和馬に手渡し、

「聞こえておりましたので、持ってきました。これですな」

と言った。

和馬はすぐに広げてみると、大きな江戸市中の地図で、何百ヶ所にも赤い印が入っている。そこが修繕が必要な場所で、住所を書き留めた別の紙も差し出された。

「ご随意にお使い下さい。小普請組支配による口入れとは面白いですな。私から南北町奉行にもお伝えしておきましょう」

「まさしく、これだ。藤左衛門殿のご好意、ありがたく承《うけたまわ》りますぞ」

「なんの。ご隠居からも頼まれてましたので」

「ご隠居……？」

「吉右衛門さんのことです」

「えっ。藤左衛門さんはご存じなのですか、あのご老体を」

「ご存じって……和馬様の用人ではないのですか。何度か来られてますよ」

「――あ、そうですか……」

首を傾げた和馬だが、「まあ、いいか」と一礼すると踵を返して飛び出していった。

その足で向かったのは番町の小普請組支配の大久保兵部の屋敷である。挨拶もそこそこに、『樽屋』で話したことを伝え、直ちに必要な普請を始めるために、人材集めをしようと訴えた。

ところが、大久保はいつものように苦虫《にがむし》をかみ潰した顔で、

「おまえは何を考えておるのだ。公儀普請ならまだしも、何故、町場の普請に手を貸さねばならぬのだ」

と突き放すように言った。

「町奉行と協力してやるのです。大久保様と北町の遠山様とは同じ三千石の旗本で、ご昵懇なのでしょう。話し合って下さい。そのために、このように『樽屋』も火急に修繕すべき所を示してくれました」

藤左衛門から渡された地図を広げたが、大久保はろくに見もせずに、

「費用は誰が払うのだ」

「材木とか石材などは、必要な分だけ、修繕をする町が出します。ですが、人足の日当は小普請組が引き受けます」

「そんなこと、できるはずがあるまい」

「公儀普請がほとんどないから、その分、だぶついているはずです。小普請組は四百家もあるのですよ。うちのような小身《しょうしん》でも二両四分の負担ですから、少なくとも二千両ほどの金で人を雇えます」

取らぬ狸《たぬき》の皮算用ではないが、和馬は必死に訴え続けた。

「町は修繕されて綺麗になり、仕事にあぶれた者も救える。一石二鳥でしょ」

「――そんな下らぬことを考えている間に、自分の身の周りをなんとかするがよい」

大久保は溜息をついて叱責した。

「旗本たるもの小普請組であっても、おまえのような小身であっても、外出の折は、供侍と小者は少なくとも一人ずつ伴って歩かねばならぬ。それが決まりだ」

「それが無駄ではないですか？　登城や式日ならともかく、普段、出歩くのにひとりで何不自由はありませぬ」

「無駄だと申すか」

「はい。不要とは、なくても問題がないもの。不用とは、もういらなくなったもの。無用とは役に立たぬこと……似て非なるものですが、ちと違います。ええ、親父が良く言ってました。情けは無用――これ家訓だそうです」

「おまえは、何事に対しても容赦ないということか」

「逆です。本当の意味は、〝情けは人のためならず〟に近いですかね。情けはいずれ自分に返ってくる。だから、職のない者たちに職を与えてやって下さい。その情けは、必ず世の中に返ってきます」

「………」

「小普請組はよく役立たずとか無用のものとかいわれますが、〝無用の用〟ともいわれますね。役に立たないと思われているものが、実は大きな役割を果たしているということです……あ、これは吉右衛門の受け売りですがね」

「だから、なんだ」

「私たち小普請組が役に立ってみせようじゃありませぬか。そしたら、大久保様とて、いつかは勘定奉行になれるかもしれませぬぞ。ええ、必ずそうなりますとも」

勘定奉行という言葉に、大久保は少し揺らいだ。遠国《おんごく》奉行など幾つかの役職には就いたが、勘定奉行という大役は憧れである。何しろ幕府財政のすべてを担うのだから、重責であるが権限も強い。

「そうしましょう、そうしましょう」

にっこり笑いかける和馬を凝視していた大久保の表情が、わずかだが緩《ゆる》んだ。

直ちに、小普請組支配は他の九人の同役を集めて検討し、南北町奉行と勘定奉行に諮《はか》り、老中・若年寄の裁可を得て、〝小普請組御雇い番所〟というのを設けた。

あっという間に何百人もの日銭を求める者たちが集まり、『樽屋』の修繕図に基づいて組頭たちが割り当てられ、徐々にではあるが普請を請け負うことができたのである。

「――うちにいた者たちも、飯を食いに来なくなりましたな……」

吉右衛門がぽつりと言うと、和馬も短い溜息混じりで、

「それはそれで、寂しいものだな」

と、がらんどうのような部屋で朝餉を取っていると、お玉が鶏を数羽束ねて、正太郎とともに持ってきた。

「その節は、お世話になりました……あ、これは盗んだものではありませんよ。卵を産むから、庭に放しておきますね」

正太郎が奥の方へ追いやるのを見て、和馬は礼を言った。

「お礼を言わねばならないのは、こちらの方です。ご隠居様には、人の道を教わりました……もし、あの時、正太郎が捕まっていれば、言い訳はできなかった」

「おまえさんの〝親心〟は分かるが、二度とさせなさんなよ。子供は宝だ。まっとうに生きる道を身につけさせないとな」

「はい。必ず」

「寺子屋は、深川なら『一風堂《いっぷうどう》』という良い所があるから、入れてやりなさい。なに、束脩《そくしゆう》や謝儀《しやぎ》がなければ、和馬様が払うであろう」

束脩は入学料で、謝儀は授業料だが、物納でも良かった。

「いいえ、それはもう……私も裁縫の仕事を得ましたので。正太郎もなぜかは知らねど、金座後藤家に奉公することができました……扱う物が扱う物だけに、正直で欲のない者が必要だとか、で」

「それは良かった、良かった」

和馬は首を傾げたが、吉右衛門は目を細めて炊きたての飯をかき込んだ。

今日も、朝日が輝かしく、眩《まぶ》しかった。

第三話　雉《きじ》が鳴く

一

惨憺《さんたん》たる状況だった。生き地獄とはこのことである。

突然、明け方に大きな地震が起こったのは、もう数日前のことだ。直後に江戸湾の海辺に津波も押し寄せてきて、漁船が浜辺に打ち上げられ、中には大川を浅草橋《あさくさばし》の方まで流されていた。

幸い死人は少なかったようだが、折からの大雨も災いして、神田《かんだ》、下谷《したや》、浅草、本所、深川辺り一帯は一時、水浸しになった。地震の揺れに加わって豪雨のために、潰れた長屋が幾棟もあった。

高山家も大横川が溢れたため床下が浸水し、未だに引いていない。まるで水上に暮らしているようである。近在で家を失った者たちが一時避難に来ているが、まるで鰻《うなぎ》の寝床である。さすがに、旗本や御家人の屋敷も開放し、町人たちの逃げ場として使っていた。

いつもは〝厄介〟と呼ばれる旗本の次男坊や三男坊たちも、一生懸命、人助けをしており、人々に感謝されていた。軽い余震はあったが、それよりも雨が酷《ひど》い。

——朝雷《あさかみなり》は洪水となる。

などと言い伝えがあるが、まさに地震、雷、火事が連続して起こった。雷がどこかの寺の五重塔に落ちて燃えたとかで、それが飛び火したのだ。盥《たらい》をひっくり返したような雨にも拘《かか》わらず、火が燻《くすぶ》っているとは皮肉なものだった。

そういえば、地震のあった朝、「蛇が木に登るのを見た」と吉右衛門が話していたのを、和馬は思い出した。これも、洪水が起こる予兆だという。昔からの言い伝えは妙に当たるものだ。案の定、大雨になったが、まさか地震も一緒に起こるとは誰も思わなかった。

明け方だから、朝炊《だ》きの江戸の習慣から、火を使っている家も多かった。だから、雷と相《あい》まって、火事も広がったのかもしれぬ。

江戸には二百数十人の町名主がいるが、それぞれの町の様子が、ここ深川猿江辺りにも聞こえてくる。仁兵衛も懸命に救済に乗り出していたが、町火消の数も足りず、旗本火消や大名火消も出張って、罹災《りさい》した人々を救っていた。

地震から数日経って、少しは落ち着いたとはいえ、行方の分からぬ者もおり、江戸中が騒然となっていた。

深川診療所として使っている寺の境内も、被災した人々で溢れていた。前々から病人だった者に加えて、怪我人も多い。大勢が寄り添うようにいる中を、藪坂甚内がひとりひとりの具合を看廻っており、見習い医師や千晶たち下働きの女も、身を粉《こ》にして働いていた。

「先生、うちの屋敷に避難しに来たものの、怪我で動けない者もいる。手が空《す》いたら診てやってくれぬか」

訪ねてきた和馬が頼んだが、それどころではないと藪坂は言った。いつもと違う緊迫した顔だった。

「見れば分かるだろう。おまえさん方、小普請組がふだんからボサーッとしてるから、こんなことになるのだ」

八つ当たり気味に藪坂に言われて、和馬も一瞬、カチンとなったが、口論しているどころではあるまい。しかも、思い当たる節がないでもなかった。

無役の小普請組の旗本や御家人のほとんどは、無聊《ぶりよう》を決め込んでいる。中には勉学に励んだり、内職に勤《いそ》しんだりしている者もいるが、働かなくても俸禄はあるのだから、生きていることに危機感はない。

――備えあれば憂いなし。

と口では言うものの、小普請組としての実践が伴っていないのだ。

本来なら、どのような災害が起こるかを予測して、事前に対策を立てておく必要がある。町奉行所内には、風烈廻《ふうれつまわり》昼夜廻《ちゆうやまわり》与力や定橋掛《じようばしがけ》与力などが防災担当もしているが、小普請組が日頃から見守って、不備な所を普請していれば、災害は大きくならずに済んだのだ。

むろん、小普請組にその任務や責任があるかといえば、まったくない。ただの役職予備軍だからである。だが、〝イザ鎌倉《いくさ》〟というときに駆けつけねばならぬ旗本ならば、無駄飯を食うのではなく、いつ戦があっても働けるように構えていなくてはならない。その気概が足りないと、藪坂は言いたいのであろう。

そこへ――北町定町廻り同心の古味覚三郎が来た。被災して診察を待っている男たちの顔を、ひとりひとり十手《じつて》で顎《あご》を突き上げながら見て廻り始めた。

「何をしてるのだ」

和馬が声をかけると、古味はちらっと見て、

「ご無事で何よりでしたな」

と言っただけで、十手を乱暴に突きつけ、誰かを探し続けている様子であった。

「本所方の与力や同心は、あちこち巡って災いの様子を見てるが、定町廻りが何の用事で、そんな真似をしてるのだ。まるで、咎人《とがにん》扱いではないか」

「さよう。〝ムササビの辰《たつ》〟を名乗る盗っ人を探してる」

「――知らぬな。誰だ、それは」

「だから、盗っ人だと言うたでしょうが」

「そいつが、ここにいるというのか」

「分からないから調べているのです。俺も一度しか見たことがないから、思い出しながら探しているのだ」

「なにも、選《よ》りに選ってこんなときにすることはなかろう」

「こんなときだからこそだ」

意味ありげな言い方で和馬を振り返り、境内の別の場所で探している岡っ引の熊公に大声をかけた。

「怪しい奴がいたら、その場でひっ捕らえていいぞ。徹底して探せ」

「へえ。がってんでえ」

熊公が頷いて傍若無人《ぼうじやくぶじん》に罹災者の間を歩き廻るのを見て、和馬は怒りさえ覚えた。

「おまえには人の心というものがないのか。何を盗んだか知らぬが、それどころじゃないことくらい分かろうというもの」

「罪人を捕まえるのが俺たちの仕事でしてね。地震や火事で避難してる人に飯を配るのは、どうぞ旦那たち暇人がやって下せえ」

「なんだと……！」

「まあまあ、そう腹を立てずに」

古味は地震のあった朝のことを話した。

丁度、その日、古味は密偵代わりに使っている二八蕎麦屋から、〝ムササビの辰〟がある大店《おおだな》の蔵に盗みに入ると知った。古味は岡っ引をはじめ、町方中間《ちゆうげん》や捕方なども連れて、門前仲町の呉服問屋『越後屋《えちごや》』を張り込んでいた。

何処《どこ》かで、ケーン、ケーン――と雄の雉《きじ》が鳴くような声がした。それに反応して、犬の遠吠えが続いた。何かの予兆なのか。

案の定、怪しい黒装束の三人組が現れて、縄梯子《なわばしご》で軽々と塀を乗り越え、屋敷内に入った。古味は店の中で待機していた。蔵に押し入った瞬間、取り押さえるべく、虎《こ》視眈々《したんたん》と狙っていたのだ。

錠前も巧みに開けて中に押し入ったのを見計らい、

「〝ムササビの辰〟……御用だ。観念しな」

と古味が声をかけた。

驚いた〝ムササビの辰〟は、ぎょろりと振り返った。その目は異様なほど凶悪な光を帯びていて、古味ですら一瞬、近づくのに逡巡《しゅんじゅん》したほどだった。

その時――突然、地面が突き上がる揺れがきて、忽《たちま》ち激しい揺れとなった。古い母屋《おもや》も柱が折れて屋根が傾き、蔵の中も米俵や千両箱が崩れ落ちてきた上に、梁《はり》が真っ二つに折れて天井の一部も落下した。

古味たち町方も落ちてきた庇《ひさし》に体を打ちつけられたり、屋根の下敷きになった捕方もいた。その場に立っていることもできず、とにかく何もすることができなかった。

揺れが収まったときには、もう蔵の扉も斜めに傾き、中は天地がひっくり返ったほど物が散乱していた。店の主人や奉公人たちも悲鳴を上げて、狼狽《ろうばい》するばかりであった。

しゃがみ込んでいた古味だが、額《ひたい》や肘《ひじ》に軽い怪我を負っただけだった。表で待機していた町方も、幸い大きな傷は受けなかった。

だが、目の前の蔵は激しく傾いており、中に踏み込むのもためらわれた。

見ると、入り口すぐの所に、梁と荷物に頭を挟まれて死んでいる黒装束と、奥で呻いている者がいた。

「――悪党らしい死に方だな」

下手《へた》に入ると崩れて怪我をするから、一日がかりで片付けた。その間に、呻いていた仲間も体を崩れた千両箱に挟まれて、息絶えていた。だが、蔵の中に、肝心の〝ムササビの辰〟の姿はなかった。

しかし、何処か大怪我はしたのであろう。血濡れた痕があり、屋敷から塀を乗り越えて逃げた形跡があった。

「悪運が強いのかな……だから、俺は追ってるのだ。あの日から、橋はすべて渡れないようになっている。特別に渡るとしても、橋番が見張っている。まず江戸市中に戻ることはない。必ず本所か深川に潜《ひそ》んでる。しかも、大怪我をしてるはずだ」

古味はそう睨んで、町医者のところに限らず、商家、長屋、遊女屋、飲み屋、旗本や御家人など武家屋敷なども含めて虱潰《しらみつぶ》しに探しているのである。

「どこかで、くたばってりゃいいのだが、奴の死体を拝むまでは、絶対に探し出す」

そこまで言う古味の執念は、異様なほどであった。多くの人々が罹災しているという生き地獄のような状況の中で、ひとりの盗っ人を探し出そうとする気持ちが理解できなかった。

「その盗っ人を、この世の果てまで追わねばならぬ恨みがあるのか」

和馬が訊くと、古味はほんの微《かす》かに表情が強張《こわば》って、

「罪を犯す奴は、誰だって憎いんだよ」

と呟いて、さらに居並ぶ患者の間に分け入って、探し続けた。

二

地震のせいか、江戸市中の井戸水も流れなくなっていた。

江戸市中は多摩川《たまがわ》や井の頭池《いがしらいけ》などから引いてきた水を、地中に張り巡らせた木管や石樋《いしどい》を通して流しており、〝ため枡《ます》〟に溜まった水を汲み上げている。つまり掘井戸はほとんどないので、水道《すいとう》の復旧は緊急の課題であった。

幕府は直ちに復旧に努《つと》めたが、これは小普請組の出番でもあった。支配の大久保兵部も、ここぞとばかりに気焔を上げ、

「〝小普請組御雇い番所〟を立ち上げた身共《みども》の英断によって、人足も迅速に集まり、

いち早く武家、町人たちの暮らしの立て直しに尽力しております」

と幕閣に自分の功績だと訴えていた。

しかし、水道があるのは大川の西側一帯であって、本所や深川は飲み水はないに等しかった。富岡八幡宮からの湧き水は大変おいしいので、それを使った豆腐屋が繁盛していたが、微々たるものである。

井戸を掘れば海水を含んだ水しか出てこない。よって、洗濯や洗い物には利用できたが、とても飲めたものではない。だから、水道の水を売り歩く商売が成り立ったのだ。ふだんでも、この暮らしである。

幕府はこれまでも、永代橋や大橋に水道を敷設しようとしたが、大川は幅も広いし、肥後の石橋にあったような、水を送る技術がなかったのである。代わりに、水桶を載せた川船を送っていたが、罹災後はさらに水が足りなかった。

幸か不幸か、大雨も重なったから、雨水を桶に溜めて使っている者もいたが、飲み水や煮炊きに使うには不十分だった。

「床下や大横川には水が溢れてるのによ、泥水だから、どうしようもねえやな」

「本所・深川って所は、埋め立てて作ったから、井戸も掘れねえし、イザこうなったら、陸の孤島だな」

「江戸市中も大変だから、こっちには手が廻らないんだろうよ」

「揺れだって、こっちが激しかったと思うけど、誰も助けに来ちゃくれねえ」

不満と不安を抱いて、文句を言っている人々の声が、あちこちから聞こえてくる。

それでも、じっと我慢するしかなかった。

高山家の屋敷に避難できただけでも、幸運と喜んでいる人もいた。建て付けがしっかりしていたのか、この屋敷は特段、壊れたところがない。雨樋が傾いて、雨が降れば簾《すだれ》のように水が落ちてくるだけだった。

少しは床下の水が引いたが、今度は庭が泥濘《ぬかるみ》になって、歩くだけでも大変である。泥水が溜まった池の鯉《こい》も、泡を吹いて浮かんでいた。水が使えないから衛生にも悪いし、猿江御材木蔵前の汚れた川の水が氾濫したことも、後が大変だなと感じる者も多かった。

「どうなるんだろうねえ……また大きな地震がきたら大変だし、大雨に祟《たた》られたら、本当に地獄だよ……」

「町奉行所は何をしてるんだよ、まったく」

「本当だ。こういうときに助けてくれねえんじゃ、冥加金《みょうがきん》や運上金《うんじょうきん》なんか払いたくねえやな、なあ」

「そうだそうだ。所詮《しょせん》、お役人は庶民のことなんぞ、どうでもいいのさ」

不満が悪態になっていく。みんな、ギリギリのところで我慢をしているのだ。

吉右衛門は杖を突きながらも、怪我をしている人の手当てをしていた。慣れた手つきで傷口を焼酎で洗浄したり、薬を塗ったり、包帯を巻いたり、添え木を当てたり、まるで医者のようだった。

「本当に、ご隠居はなんでもできますなあ。いつも感心いたします」

近所の年増たちが手伝いながら、誉め讃《たた》えた。

「大工仕事も、料理しても凄いしさ、おまけに柔術の心得もあるし、四書五経《ししょごきょう》にも通じてて、一体、どういう御方なんだい」

「ただの暇な年寄りですよ。地震で吃驚《びっくり》して腰が折れそうになったが、幸いピンピンしておる。それより、怪我をした人は遠慮なく申し出て下さいよ。これでも実は少し医術を学んでおるから、役に立てるつもりじゃ」

「あら、頼もしくて抱きついちゃう」

ふざけて本当に年増に抱きつかれても、嬉しそうに、

「みんな、私から見れば、生きの良い若いお嬢様ですよ。わはは」

と吉右衛門は笑った。

みんなもつられるように笑い声を上げて、鬱屈《うっくつ》した気持ちが吹き飛んだ。

そこへ、年の頃は三十半ばの男が、足に添え木を当てたまま、片足を引きずるように近づいてきた。職人風だが、何処か翳《かげ》りがあって、喋り方も木訥《ぼくとつ》としていた。

「ご隠居さん。あんただって被災者なんだ。休んでてくんな。俺たち若いのが、なんとかするからよ」

声をかけてくると、その後ろから、若い女房らしき女が職人風の体を支えながら、

「そうですよ。足もお悪そうだし、決して無理はなさらないで下さいまし」

と口を添えた。随分とお腹が出ているが、臨月間近のようだった。

この夫婦者は、たまたま下総《しもうさ》から江戸に出商《であきな》いに来ていたらしいのだが、中川《なかがわ》船番所を朝一番で過ぎて、陸に上がったとたんに地震に遭ったという。江戸市中には知り合いがいるらしいのだが、このような状況だから、休める所を探していたところ、人の噂に、

──小普請組の高山様の屋敷は大丈夫らしいよ。しかも、親切だよ。

というのを聞いて、立ち寄った。足首が折れていたので、ここに来たとき、吉右衛門が応急の手当てをしたのである。

「評判どおりの御仁だ……お旗本といえば、もっと偉そうで、人を寄せ付けないと思

ってやしたが、当主の和馬様は立派な御方でございますねえ」

「誉めてくれても、握り飯はみなに均等ですぞ。はは……お内儀《ないぎ》の方は、お腹の子が随分と大きいが、本当に大丈夫かね」

「ええ。まだ一月《ひとつき》近くありますので……遠縁の者が芝の方におりまして、何とか行きたいのですが、何処も大変みたいなので……」

「何かあったら、近くに産婆がいるし、深川診療所からも医者を呼べますからな」

「ありがとうございます」

夫婦は深々と頭を下げて、部屋の片隅に座った。甲斐甲斐しく寄り添い合うふたりを見て、吉右衛門も微笑《ほほえ》ましく目を細めた。

「──よっこらしょ」

と吉右衛門も腰を下ろしたとき、和馬が何かに腹を立てたのか、ぶつぶつ言いながら帰ってきた。

奥にいる夫婦者に目が移った。ふたりとも深々と頭を下げたが、和馬は頷いただけで、吉右衛門の前に座った。が、また気になったように夫婦者を見た。

「行商人らしくてね、この辺りの者じゃありませんよ」

吉右衛門が言うと、和馬は首を横に振りながら、

「いや、何処かで会ったような気がしてな……それより、まったく。どいつも、こいつも融通の利かない奴らばかりだ」

「如何致しましたかな」

「組頭の坂下さんは、こんな状況であるのに、小普請組は使わないなどと言い出してる。小普請組支配の大久保様ですら、非常時であるから、無事な家中の者を出して救援すべきだと言っているのに、我らの組は待機だとか」

「ならば、待機でよろしいでしょう。みんなが、あれこれ動いても纏《まと》まらなければ、却《かえ》って混乱するのではありませぬか」

「そうではない。坂下様は負担をしたくないだけなのだ」

「負担を……」

「ああ。組頭とはいえ、俺と同じ二百石。女房子供もおり、供侍《とも》や中間など数人の家来を抱えておるので、余計な出費はしたくないとか。まったく呆れてしまう」

「それも困ったものですなあ」

「しまいには、俺は独り身で、奉公人も爺さんひとりだから気楽だろうだと」

「たしかに、そのとおりですなあ。坂下様には坂下様の事情があるのでしょう。私が小耳に挟んだところでは、此度《こたび》の被害が大きいのは本所・深川一帯らしいです」

「やはり、そうなのか……」

「千代田《ちよだ》の御城はほとんど心配はないとか。たしかに広い範囲で水浸しにはなってるようですが、すでに引いており、やはり海に近くて土地が低いこの辺りの被害が甚大。むしろ、こっちが助けて貰いたいくらいですな」

冷静に言う吉右衛門を見て、和馬は誰からそのような話を聞いたのかと尋ねた。小普請組として、歩き廻って如何なる情勢か調べていたが、よく分からないことが多かったからだ。

「ですから、町々の連絡をどうするかを、日頃から決めて置かねばなりませぬな」

小普請組支配は十人おり、その下に二人ずつ、組頭がいる。つまり、四百家が二十組に分かれているわけである。

「小普請組も、町火消の六十四組のように、それぞれの地域を分担し、町火消や定火消と連携し、災害の折にはお互いが助け合う仕組みを作っておいた方がよろしいですな」

「おいおい。今、そんな説教をしているときか、吉右衛門……」

「今だから申しておるのです。喉元《のどもと》過ぎれば、また忘れてしまうに違いありませぬよ」

たしかに吉右衛門の言うとおりだと、和馬は思ったが、混沌《こんとん》としている中では、何処から手を付けてよいか分からなかった。

住んでいた長屋が潰れてしまった者もいる。貯めていた金を流された者もいる。それでも、命が助かった人々は幕府の救援をじっと待つしかなかったのだ。だが、

——お上は動かない。

というのが数日経ってからの、人々が抱く感情だった。

町火消たちは必死に働いてくれている。土砂を取り除き、倒れた家の材木を運び出し、火の元があれば消して廻り、動けない人がいれば背負って町医者に届け、炊き出しをして腹を空《す》かせた子供や年寄りに配っていた。

もちろん被災者でも働き盛りの若い男衆は、一緒になって町火消と溝浚《どぶさら》いや片付け、塵芥処理などをしていた。こういうときは、ひとりひとりの人が集まって、こつこつ働くしかないのだ。

和馬はそんな光景を眺めながら、深くて長い溜息をつくのだった。

三

呉服橋御門内にある北町奉行所、桔梗《ききょう》の間《ま》には深刻な表情の大久保兵部が座っていた。ここは奉行所の表である役所と奥の役宅の間《あいだ》に位置し、重要な客人と接見する間である。

夏冬問わず、火鉢《ひばち》がひとつしかない。三方壁に囲まれており、襖の外の廊下には、奉行所内であるのに、同心がふたり番卒として控えていた。

大久保は四半刻ほど待たされているせいか、苛々《いらいら》と鉄火箸で火鉢の縁を叩いていた。箱行灯《はこあんどん》がひとつあるだけで暗いのがまた、人を落ち着かせないのかもしれぬ。

「お奉行様が、おいでになりました」

同心の声があって襖が開くと、裃《かみしも》姿の北町奉行・遠山左衛門尉景元が現れた。偉丈夫で、目が鋭く、どこか不遜な態度であった。官位は違うとはいえ、同じ家格、石高の旗本として、大久保は少しばかり気後《きおく》れした。

地位が人を作る——といわれるが、年もさほど変わらぬはずなのに、遠山には重厚な貫禄があった。

かといって、大久保が負けているわけではない。相貌の力強さや恰幅の良さは、さすが大身《たいしん》の旗本である。傍《はた》から見れば、充分、互角であった。

「お白洲《しらす》が長引きましてな、失礼をば致しました。早速ですが、火急の用とは」

遠山が相手を見据えるように尋ねると、大久保も険しく睨み返し、

「今般の地震や火災により、江戸が大変な事態になっており、遠山殿が先頭となってご尽力して下さっていることは、深く感謝しております。ついては、小普請組支配として、お願いがありまする」

「なんでござろう」

「他の支配役も組頭に命じて、多くの小普請組の旗本や御家人が、人や物、金を出して今般の救済に奔走しております。されど、少々、嫌な話ですが……」

「む……？」

「被災者の中には、感謝するどころか、もっと迅速にやれとか、誠意をこめて対処しろとか、流れた畳を持ってこいとか、不味《まず》い飯ばかり出すなとか……難癖《なんくせ》としか思えぬことを言って非難する輩《やから》もいるとか」

「まことに……それは遺憾なことだ」

「時が時だけに、小普請組の家中の者は文句も言わずに対処しておりますが、酷い悪《あっ》

口雑言《こうぞうごん》を吐く者もおります。『小普請組のくせに火事場泥棒でもやるのか』『人の不幸が稼ぎどきだな』などと……こっちが持ち出だということを、人々は知らないのです」

「それは日頃の行いが良くないからではありませぬか。身共の耳にも、傾《かぶ》いた旗本の話は入ってきますからな」

遠山の言い方に、大久保はわずかだが眉間に皺を寄せた。

「さような色眼鏡で、お奉行も見ておられたのですかな。これは残念至極……ま、それはともかく、お願いしたいというのは、さような目に遭わないように、救援の折だけでも、町奉行所の与力なり同心の身分にして貰いたい、ということです」

町人たちは武家に対して、何となく反感を抱いているが、町方与力や同心には親しみがある。そこまでいかなくても、町人に馴染みが深く、守ってくれているという安心感がある。

「ですから、町奉行の支援という形ならば、もっと人々に尽力できるかと」

「なるほど。大久保様の思いは分かりました。されど、それはできぬ相談でござる」

「!?――何故に――」

意外な答えだと言いたげな大久保に、遠山は冷静沈着な態度で、

「考えても下され。小普請組のほとんどは旗本の家柄でござる。与力や同心は、御家人職です。よしんば小普請組の中の御家人をということであっても、老中支配の町奉行所と旗本支配の小普請組とで、役職を奉行如きが勝手に決めることはできませぬ。人事や身分については、目付などしかるべき御役目の方に相談するのが筋かと存じまする」

黙って聞いていた大久保は、しばらく睨み返しながらも、感情を抑えて言った。

「身共は、今、喫緊《きっきん》に対処すべきことにつき申し上げている。役職に就けろとか、俸禄の話などはしてはおりませぬ。あくまでも、町奉行所としての援助に手を貸すための、手段でございまするぞ」

「小普請組が必要なのは、救援ではなく、その後の復旧、復興の際でござろう」

遠山はあくまでも正論を述べた。

「たしかに、もっと大きな地震や鉄砲水などによって災害が広がれば、小普請組のみならず、旗本や御家人はもちろんのこと、江戸在府の大名屋敷からも人を狩り出して、対処せねばなりますまい」

「今は充分に、足りていると？」

「町奉行所が全力で対処しておりますが、不足すれば老中や若年寄も動き、小普請組にも正式に応援を頼むと存じまする」

「そんな悠長な……」

少し興奮気味になった大久保の態度を、遠山はじっと見つめていた。己の考えが通らないと、俄《にわか》に感情的になる性癖がある。ゆえに、重要な奉行職に就けていないということに、本人は気付いていないようだ。

「ときに大久保殿……」

遠山が鉄火鉢で、赤く燃えている炭をひっくり返しながら、

「何故に、そこまで小普請組を押しつけたいのですかな」

「押しつける、ですと。遠山殿ともあろう御方が、聞き捨てならぬ言い方ですな。役職欲しさに出向いたとでも言うのですか」

「でなければ、何でござろう」

さらに炭を返しながら、遠山は大久保を凝視し、

「少なくとも、ご貴殿は災害支援を〝売り込ん〟で、老中や若年寄から評価を得ようとしているのは、よく分かります」

「…………」

「あれこれ迷わず、自分のできることを、さっさとやっている者は、小普請組に限ら

ず、幾らでもおりますぞ。武士に限らず、町人や近在の百姓までも」

奥歯を嚙みしめる大久保を、さらに遠山は強く見つめて、

「実際、貴殿の配下にあたる高山和馬とやらは、与力だの同心などと言わず、あれこれ工夫をして救済しておるとか。屋敷まで開放するとは、なかなかできぬこと」

「た、高山のことを、ご存じなので？」

大久保は思いがけない名前が出たことに、驚いた。

「あいつ、身共のことを、何か告げ口でもしましたかな」

「告げ口をされるようなことを、しておいでですか」

「いや、そういう意味では……」

「高山と申す者はむしろ、大久保殿のことを頼もしいと誉めていたとか。小普請組の人材を大いに活かそうとするだけではなく、町人たちの職をも世話することに、尽力してくれたとな」

「ええ？　高山がさようなことを……」

「町年寄『樽屋』の話ではな。そして、此度もすでに、『樽屋』藤左衛門を通して、〝天災救護奉行〟なるものを提案してきておってな。すでに検討に入っておる」

「――天災救護……」

自分は聞いてないと大久保は言ったが、遠山は簡単に説明をした。

江戸に限らず、日ノ本は地震や津波、火山噴火、飢饉《ききん》や疫病《えきびょう》が蔓延《まんえん》してきた。その天災から人々を守るための防災は、幕府が中心となって、各藩や町や村、一軒一軒の家々にまで、命を救うための非常体制を構築してきた。

「人智の及ばぬこととはいえ、黙って指を咥《くわ》えていたわけではない。八代将軍吉宗《よしむね》公が、天文観測と同時に気象予測もしており、それを土木や治水に活かしてきたことは、旗本ならば承知しておろう」

「むろんです」

「自然による災害だから仕方がないでは済まさず、なぜ繰り返されるのかを、町奉行所でも真摯《しんし》に取り組んできたのだ」

江戸時代は、野分《のわき》や水害は、他の災害よりも多かった。町場が広がり、荒川《あらかわ》や利根《とね》川《がわ》の流域に田を広げたこともあって、氾濫《はんらん》が増えたからである。五代将軍綱吉治世の正徳《しょうとく》年間のある年の夏は、大風雨によって畿内《きない》、西国《さいごく》で洪水が続いた。木津川《きづがわ》や淀《よど》川《がわ》は複数箇所で堤が決壊し、流家数知れず、死者数千人と記録にある。

同様なことが、八代将軍吉宗治世の享保年間も、東北、関東、畿内など全国で洪水が繰り返された。備中松山《びっちゅうまつやま》藩城下はすべて浸水し、奥羽《おうう》では五十万石も損失を出し、その時は、江戸でも大水害が起こっている。

また、炭や薪《まき》作りのため、材木の伐採が増えたことによって、土砂崩れが多発していた。それに対して幕府は、植林と「土砂留《どしゃど》め」という砂防普請をしていた。諸藩に土砂災害を事前に防がせたが、各藩の領地が複雑に入り混じっており、なかなか統一して土木普請をすることができない。

そこで、藩境を跨《また》いで普請をするために、幕府は、京都《きょうと》町奉行所と大坂町奉行所を管轄役所として、各藩の〝土砂留め奉行〟が領地を越えて巡廻する制度を作った。さらに、植林も強制したのだ。

「それが功を奏して、土砂災害が激減したのだが……この〝土砂留め奉行〟のような役職を、幕府で新たに作るべきだと、高山某は提案してきておるのだ」

「………」

「ひとつは、事前に災害を少なくするための方策を立てる〝防災奉行〟――そして、もうひとつが、災害が起これればすぐ助けに行く〝救援奉行〟……このふたつを常備しておくべきだ、とな」

遠山が感服したように言うと、大久保は口の中で、

「また、上役を飛び越えおって……」

と呟いた。

「ん？　何か申されたかな」

「いえ。それについては実は、身共が前々から、組頭などに考えよと伝えおいたこと。高山は上役を飛び越えて提案するという規範《のり》を外してはおりますが……そういうことならば、身共もむろん賛成でございます」

「賛成……」

「はい。さようで」

「ならば、初めから、この話をしてくれれば良かったのに……与力や同心にせよなどというから、遠廻りしてしまいましたな」

「そうですな、ははは」

大久保は適当にお茶を濁したが、高山は規範を越えておらぬと、遠山はキチン言い含めておいた。町年寄に提案したに過ぎないからである。それを受けた町年寄から、町奉行に届け出られただけだと、遠山は説明した。

「はは。承知しております。高山を誉めてつかわします」

誤魔化し笑いした大久保に、身を乗り出すように言った。

「ならば、話が早い。百姓ですら、村ごとに飢饉に備え、火山噴火や地震、さらには用水路の確保などをしております。ゆえに、江戸においても、〝防災奉行〟と〝救援奉行〟を設けて、お救い米や普請人足を送る緊急の支援をすみやかにできるようにしたいものですな。役所の垣根を越えて」

「さようですな。では、そのことを……」

「今の危難に対処しながら、早速、老中に言上《ごんじょう》しようと思う」

「その際には……身共もご同行してよろしいでしょうか。事の詳細を……」

「説明ならば、高山から行李《こうり》一杯分ほどの書類や文献などが提出されておるゆえ、それを町奉行にて精査して申し上げる」

「あ、それでは、高山の名と一緒に、私の名前も添えていただければ……」

大久保がここぞとばかりに申し出ると、遠山は真剣なまなざしを返して、

「高山は、自分の名は出さないでよい、誰が考えたかよりも、一刻も早く対処して欲しいと願い出てきたとか」

「そ、そうですか……」

気まずそうになる大久保に、ようやく遠山は微笑んだ。

「案ずることはありませぬ。責任の所在は必要ゆえ、大久保兵部様にしておきましょう。それでは、今日のところは。別のお白洲がありますので、これにて失礼をば」

スッと立ち上がり、遠山は踵《きびす》を返すと歌舞伎役者が見得を切って長袴《ながばかま》を引きずるかのように立ち去った。

「――高山の奴め……また出し抜きおってからにッ」

憎々しげに大久保は鉄火箸を、火鉢の灰に深々と突き刺した。

四

雨が途切れたので、水は少しずつ引いていき、高山家の床下も排水はできた。しかし、まだ泥が溜まっており、冬場だからよいものの、これが夏ならば虫などが湧いたことであろう。

「顔を見せろ。次、おまえもだ」

古味は執拗に避難している人々の中から、〝ムササビの辰〟の顔を探していた。熊公も一緒だが、歩き疲れた様子である。

高山家にもズケズケと入ってきて、まだ避難している十人ばかりの町人たちを隈無《くまな》く見て廻った。武家屋敷だから町方同心が入るのは憚《はばか》られるはずだが、『誰でも遠慮なく来て下さい』と表に張り紙をしている。それを理由に、

「俺が来たら悪いのか」

と言わんばかりの面構えである。ならず者の因縁と変わらない。

奥座敷には、例の妊婦と足を怪我した男の夫婦がいた。思わず顔を伏せた男を不審に思った古味は、履き物を脱いで縁側から上がってきた。男に近づくなり、

「——面《つら》を見せな」

十手で顎を突っこうとすると、咄嗟に男は手で払った。

「てめえ……！」

両肩を摑んだ古味に、女房の方がしがみつくように、

「やめて下さい。亭主は足を怪我しているんです。何があったのか知りませんが、ご勘弁下さいませ」

と止めようとした。

だが、古味は乱暴に女を足蹴《あしげ》にして、男の胸ぐらをしっかりと摑み上げながら、

「疚《やま》しいから見せられねえんだろう。ほら、見せやがれ」

その顔を見た古味は、カッと目を見開いて凝視した。その表情が俄に固まって、中庭にいた熊公に声をかけた。

「こいつだ、お縄にしろい！……見つけたぜ、〝ムササビの辰〟……」

「違う。俺は、佐渡吉《さどきち》という行商人だ」

「忘れもしない。この目、この顔……俺の妹を殺した男だ」

土足のまま駆けつけてきた熊公は、抗《あらが》おうとする佐渡吉と名乗った男の、怪我をしている足を踏んづけた。ウッと藻掻《もが》くのを押さえて縄をかけ、きつく締め上げた。

「何の話だ……これは一体、何の真似だ」

それでも暴れようとする佐渡吉に、古味は顔を近づけて、

「地震のあった朝、そこの呉服問屋『越後屋』の蔵に入ったじゃねえか。俺の顔を、そのときにも見たよな」

「…………」

「何処で鳴いたか、雉がでっけえ声で鳴きやがった……なあ、雉が鳴けば地震が起こるってことわざは、本当だったたんだな」

古味は恨みがましい目になって、十手の先で肩を押さえつけながら、

「子分のふたりは、死んだんだぜ。あの蔵の梁や屋根の下敷きになってな」

ほんのわずかだが、佐渡吉の目が泳いだ。それを古味は見逃さず、

「──ほれみろ。知ってるじゃねえか。この足の怪我もそのときに負ったものだろう。後はじっくり番屋で聞くぜ」

と十手で叩いた。

顔をしかめる佐渡吉を熊公が引っ張り上げようとしたとき、古味に足蹴されたまま倒れていた女房が苦しそうに喘《あえ》いだ。

「う、うう……おまえさん……」

大きなお腹が痛いのか、伏したまま立ち上がれないでいる。

「お結《ゆい》――！」

近づこうとするが、縛られた佐渡吉は、熊公に羽交《はが》い締めにされた。

古味は冷たい顔で、お結と呼ばれた女房を見下ろして、

「恨むなら、こいつを恨むんだな。腹の子が極悪非道の盗っ人じゃ、生きる瀬もあるまいが、俺は情け深い同心だ。見逃してやるから、父親のことは隠して生きてくんだな」

と言い捨てて行こうとした。

そこへ、廊下から駆けてきた千晶が、古味を突き飛ばす勢いで、お結に寄り添い、

「あっ。破水《はすい》してるじゃないの。だめ、このままじゃ……旦那、何したんですか！」

「俺はなにも……」

「誰か！　藪坂先生を呼んできて。それから、お湯を沸かして」

お結が大声を上げると、すぐに近くにいた年増たちが「あいよ！」と動いた。

厨房にいた吉右衛門が来て、千晶が介抱しているお結に近づき、様子を見るなり、すぐに出産させねばならぬと判断した。

「大丈夫かい……名前はなんだっけね」

誰かが、お結さんだと言った。

「さあ、離れの座敷に行こうね。大丈夫、お腹の赤ん坊は元気だよ」

ご隠居なのに、まるで産婆のように慣れた態度で、千晶と他にいた年増たちとともに、渡り廊下を伝って連れていった。

この頃は、出産は不浄のものと見なされ、隔絶されていた。しかも、出産の場には、男が入ることは、基本的には禁止されていた。ほとんどは産婆のみが出産を助けていたのである。そもそも〝産科医〟はいなかった。

だが、母子共に命が危ないときには、当然、医者が処置する。臨月になったばかりとはいえ、まだお腹の赤ん坊は小さい。自力で出てくることさえ危ぶまれた。

離れに入るとすぐ、力綱《ちからづな》を天井柱に括《くく》りつけて垂らした。この頃は、しゃがむような姿勢で出産し、痛みが増すとこれに摑まっていきむのだ。盥《たらい》や便器、晒《さら》し木綿《もめん》、汚れを受ける油紙なども、誰かが手際よく持ってきた。

「い、痛い……先生、大丈夫でしょうか……先生……」

消え入るような声で、お結は訊いた。痛くても声を張り上げるのは恥とされており、母親になるために、ぐっと歯を食いしばっていた。吉右衛門は大丈夫だと慰め、

「私は先生ではないがのう、たまたま難産に何度か立ち合ったことがある。安心して、任せなさい」

「は、はい……」

「この千晶さんもな、まだ若いが頼りになる産婆さんじゃ。さあ、しっかり」

千晶が日頃から産婆の格好をしているのは、大名行列の前でも横切る〝特権〟があるからだ。何かあったときには頼むと、和馬に頼まれていたからだが、今日はたまたま通りかかって覗いたのだった。

「そしたら、まさかの……こんな目に遭わせて酷い同心だ」

その場を直《じか》に見たわけではないが、足蹴にしたことを、年増らが口々に話したのを聞きながら、千晶は怒りに震えていた。

年増たちも非難を浴びせようとしたが、古味の姿はもうなくなっていた。

深川大番屋は、俗に〝鞘《さや》番所〟と呼ばれている。牢部屋が鰻《うなぎ》の寝床で、細い鞘のよ

うに並んでいるからだ。

大番屋とは吟味方与力も訪ねてきて、いわゆる予審をする場所でもあり、町々に点在する自身番よりも、庶民にとっては怖い存在であった。単なる取り調べではなく、罪を犯したことが間違いないであろう者が連れてこられるからである。

──地獄の入り口。

とはよくいわれたことであった。

吟味方与力の顔も閻魔《えんま》にしか見えなかったことであろう。だが、今日は同心の古味が直《じか》に取り調べている。返答次第では、拷問部屋で、笞打《むちう》ち、石抱《いしだか》せ、海老責《えびぜ》めという〝牢問《ろうどい》〟は勝手次第にできる。罪人はもとより、無実の者にも恐怖でしかなかった。

お白洲代わりの土間に座らされた佐渡吉は、自分の身よりも女房のことが心配そうだった。後ろ手に縛られたままだが、隙あらば逃げようというふうに腰をずらしていた。

「無駄な足搔《あが》きはよせよ」

古味は弓折れという竹の笞《むち》のようなものをブンと振りながら、

「正直に言え。〝ムササビの辰〟だな」

「……違う」

「俺はな、おまえを何度か追い詰めたことがある。だが、いつも裏をかかれて、あと一歩のところで取り逃がした」

弓折れでバシッと土間を叩いて、古味は声を震わせた。

「あれはもう五年も前になるか……芝増上寺《ぞうじょうじ》の近くにある薬種問屋『越中屋《えっちゅうや》』に、おまえが押し込んだときのことだ。覚えがねえとは言わさないぞ」

「…………」

「俺は非番でな。たまたま妹を連れて、親戚を巡って、増上寺に参拝し、近くの茶店であんみつを食ってたときだった」

参拝といっても当時は、表楼までしか行けなかったが、春の盛りで桜が満開だった。そのとき、真っ昼間から堂々と、数人が徒党を組んで押し入り、主人らに乱暴を働き、人質に取りながら鍵を奪って、千両箱を盗んで逃げた。

そこに、たまさか通りかかったのが古味で、咄嗟《とっさ》に追いかけたが、三下《さんした》は捨て置いて、頭目格の〝ムササビの辰〟だけに迫った。入り組んだ路地や長屋の中、他の大店の庭などを抜けて、また大通りに出たとき、古味の妹が立っていた。

「妹といっても、年が随分と離れてて、まだ嫁入り前の娘だ。俺は思わず、『お邦《くに》、危ないから、離れろ』と声をかけてしまった……それで、おまえは俺の縁者だと察し、すぐに羽交い締めにして、匕首《あいくち》を妹の喉元にあてがった」

怒りに満ちた古味に対して、佐渡吉は落ち着いた目で聞いている。

「それが、おまえだ。それでも、白《しら》を切るかい……その後のことは、おまえも承知してるだろうが、ええッ……言ってみろ！」

「……………」

「言ってみろってんだ！」

興奮のあまり、古味は弓折れを佐渡吉の顔に打ちつけた。鈍い音とともに目の下が切れて、みるみるうちに腫れ上がった。

「おまえは知らないかもしれないが、あの後、妹は死んだ」

「えっ……」

「おまえが刺した背中の傷がもとでな……まだ娘のままで、人生の……幸せが何かも知らないうちに、死んだんだ」

佐渡吉の顔には血が流れ、ポタリと赤い滴《しずく》が膝に落ちた。涙が混じっていた。

「──死んだ……そうだったのかい……」

ポツリと言った声を受けて、古味は血が昇って、胸ぐらを摑んだ。

「認めるんだな。てめえが〝ムササビの辰〟で、俺の妹を殺したことも！」

「申し訳ありやせんでした……妹さんでしたか……亡くなったんですか……知らなかったこととはいえ、本当に申し訳……」

言葉が詰まった佐渡吉の胸ぐらを、古味は激しく揺すって押し倒した。佐渡吉は背中から倒れて、したたか頭を打った。だが、申し訳なさそうに涙を流している。

「あれは、押し返そうとしただけで……刺すつもりなんざありやせんでした」

「うるせえ！　この期《ご》に及んで、言い訳か。謝ろうが死罪になろうが、俺は許さない。いや、お白洲なんかに出す必要はない。ここで死ね。死んで、お邦に謝りやがれ！」

古味は仰向けに倒れたままの佐渡吉の腹を蹴り込み、顔を踏みつけた。その勢いが余りにも強いので、さすがに熊公は危ないと思ったのか、古味を抱きとめた。

「旦那……それ以上、やったら本当に死んじまう……こいつは吐いたんだ。後は、吟味方に任せて、ねえ、旦那」

「うるせえ、放せえ！」

振り払って足で蹴ろうとするが、熊公はその怪力で引き離すのだった。番人たちも何事かと恐々《こわごわ》と見ていた。

五

無事、出産を終えたお結は、しばらく気を失っていた。あまりの痛みの激しさと、まだ自力が弱い赤ん坊をいきみ出した疲れから、卒倒したのである。

だが、藪坂先生も駆けつけてきて、気付け薬を煎じて飲ませ、血流や呼吸を良くするよう体中を揉みほぐしていた。

すると、お結はうっすらと目を開けて、手で探るように、赤ん坊を求めた。か弱い泣き声がしている。

「大丈夫だよ。男の子だ。生まれたばかりなのに、いい顔をしている」

藪坂は優しく声をかけると、一礼して立ち去った。入れ替わりに、千晶が着ぐるみに包み込んだ、赤ん坊を連れてきた。早く生まれたから、少し小さいが、元気に手足を動かしている。

お結の胸に添わせてやると、赤ん坊は誰に教わったのでもないのに、しぜんにお結の乳を吸おうとした。

「――かわいい……」

ほっとした表情になって、お結に笑顔が広がった。安堵と幸せな気持ちが表れている。しばらく、無垢《むく》な赤ん坊を眺めていたが、ふと佐渡吉のことを思い出し、

「亭主は……どうなったのでしょうか……」

と尋ねると、千晶は優しい声で、

「何かの間違いかと思いますよ。とにかく足の怪我をちゃんとしなきゃいけないので、うちの診療所の方にいますから、心配しないで、精一杯、この子を愛《いと》おしんであげてね」

そう慰めた。一抹の不安は残っているが、お結は千晶の気遣いに感謝した。

「おう、よかった、よかった。産後の肥立ちが大切だから、お結さんもくれぐれも無理をしないようにな」

廊下から、吉右衛門が声をかけた。すると千晶が頭をこくりと下げて、

「ご隠居さん、産婆までできるとは驚き桃の木でした。私ひとりだったら、どうなったことやら。ありがとうございます」

「何をおっしゃる。その子が生まれるのに、ここにいた大勢の人たちが手助けしてくれた。感謝なら、みんなにしなされや」

吉右衛門はそう言ってから、

「何より、その子が元気に無事に生まれてくれたことが、一番ですな。これからは、どんなことがあっても……たとえ、お結さんにとって辛いことがあっても、悲観したり嘆いたりすることなく、その子のために頑張ることだよ。ああ、今日は良い日だ」

と優しく続けたが、この意味をお結はまだ気付いていなかった。

和馬が北町奉行所に呼ばれたのは、その日の夕暮れ近くになってからであった。平服でよいとのことなので、袴に羽織だけの姿で出かけた。通されたのは、お白洲の控え室で、その後、奉行席から一段下の陪席に座らされた。

吟味方与力の藤堂《とうどう》から、本日最後のお白洲への臨席を求められ、事件のあらましの説明を受けたが、和馬にはまだよく理解できていなかった。ただ、地震の直後から屋敷にいる、怪我をした佐渡吉のことであることだけは、承知していた。古味が連れていったことを、吉右衛門から聞いていたからである。

その後、和馬は〝鞘番所〟を訪ねたが、そのときには既に、奉行所送りとなっていた。

やがて――。

北町奉行・遠山左衛門尉景元が裃姿で登壇した。能舞台のキザハシのような階段の傍《かたわ》らには、蹲《つくば》い同心が控えており、奉行の後ろには書方の同心が席に着いた。蹲い同心の傍らには、険しい顔の古味も臨席している。

先に、お白洲に入っていた佐渡吉は、縄こそ解かれているが、そのすぐ背後には町方中間がふたり、何かあったときのために控えている。お白洲とは、今でいう裁判所であるから、異様な緊張に包まれていた。

「――ふう……」

平伏していた佐渡吉が大きな溜息をつくと、それが合図であるかのように、

「〝ムササビの辰〟こと佐渡吉……幾多の大店への押し込みならびに、北町同心・古味覚三郎が妹、お邦を殺害にした件につき吟味致す……面《おもて》を上げい」

と遠山奉行が声をかけた。

佐渡吉は身を震わせながら、ゆっくりと顔を上げた。その視界の中に、古味の姿が入っていたが、真摯な態度で、まっすぐ壇上の遠山を見上げていた。

「まず訊く。深川富岡八幡宮近くの呉服問屋『越後屋』に押し入ったと吟味方の調べにあるが、さよう、相違ないか」

「はい。そのとおりでございます」

「そのとき、先日の大きな地震が起き、忍び込んだ蔵が崩れ、仲間ふたり……簑七《みのしち》と弥吉《やきち》が死んだ。おまえだけが難を逃れ、江戸に連れてきていた女房・お結とともに、旗本・高山和馬の屋敷に、罹災者のふりをして隠れていた。さよう相違ないな」

遠山はチラリと傍らの和馬に目を移した。

「はい。間違いございません」

「では、『越後屋』に入ったのは認めるのだな」

「――はい……」

「他にも以前に、芝の薬種問屋『越中屋』をはじめ、神田の油問屋『伊勢屋《いせや》』、日本橋の太物《ふともの》問屋『常陸屋《ひたちや》』、同じく日本橋の普請請負問屋『辰巳屋《たつみや》』、木場《きば》の材木問屋『木曾屋《きそや》』、高輪《たかなわ》の廻船問屋『西海屋《さいかいや》』……など、江戸で指折りの大店ばかり、十余軒に押し入り、千両箱を盗んだとある。これも認めるか」

「お言葉ながら……押し入ったのは、事実ですが、金は盗んでおりませぬ」

「金は盗んでおらぬ、とな。だが、千両箱を盗んだのを、古味は見たことがあるぞ」

「中味は別のものです。その場で鍵を開けることができなかったので、仕方なく持ち出したこともあります」

「では、何を盗んだのだ」

「それは……墓場まで持っていこうと思います」

佐渡吉が決然とした顔で答えると、遠山は揺るがぬ目つきで見据えて、

「お白洲である。訊かれたことに答えよ」

「………」

「さあ。答えるがよい」

梃子《てこ》でも動かぬ態度の佐渡吉に、遠山はこうなることも想定していたのか、

「赤ん坊が生まれたそうだな。その子が、大泥棒の子として育っても良いのか」

と訊いた。

明らかに動揺して表情が強張ったが、俯《うつむ》いて押し黙った。

「男の子だそうだ。まだその手に抱いておらぬであろう。自分の子は理屈抜きに可愛いものだぞ。本当のことをすべて話すならば、今生《こんじょう》の別れに会わせてやってもよい」

「――ずるうございます、お奉行様……お白洲に、情けは無用でございます」

「正直に話せば、あるいは……今生の別れにはならぬかもしれぬ」

意味深長なことを遠山は言った。

「それとも、あくまでも〝ムササビの辰〟のまま処刑になった方が、妻子のためと思うておるのか」

「………」

「妻のお結は、まだ、おまえが〝ムササビの辰〟であるとは知らぬ。いや、盗っ人などとは信じておらぬ。何かの間違いだと……むろん、本当のおまえのこともな」

遠山はもう一度、意味ありげなことを言ったが、佐渡吉は黙ったままだった。

「──では、これを見よ」

蹲い同心が一冊の日誌のようなものを、遠山から受け取って、佐渡吉に手渡した。心ここにあらずで、きちんと見ようとしないから、蹲い同心が開けて見せてやった。その様子を、古味は不思議そうに見ていた。和馬も同じように、何事が始まるのかと静かに見守っていた。

「その日誌は……お白洲に臨席している旗本・高山和馬の父、俊之亮が書き残していたものである。用人の吉右衛門というご老体が、いつぞや土蔵の床下の隠し蔵から見つけたものらしい」

「えっ──？」

吃驚したのは和馬の方であった。遠山は一瞥《いちべつ》したが、何も言うなと首を横に振って、尋問を続けた。

「日誌に記されている商人の屋号がある。神田『伊勢屋』、日本橋『常陸屋』、普請請負問屋『辰巳屋』、木場『木曾屋』、高輪『西海屋』など……不思議なことに、おまえが忍び込んだ大店と一致する」

「………」

「しかも、この問屋はすべて今、公儀御用達《ごようたし》の看板を貰っておる。どういう意味か、もう分かっておるな、佐渡吉……」

遠山は畳みかけるように問い詰めた。

「おまえは、高山俊之亮に命じられて、これらの店に入ったのではないのか」

「…………」

「だからこそ、高山殿と同様に、墓場まで持っていくなどと言ったのではないか。そうするしかできない、というのは、すでに、この中の誰かから脅されておるのか。それで、今般も、門前仲町『越後屋』に入ろうとしたのではないのか」

すべてを見通しているような遠山の言い方に、佐渡吉は明らかに心が揺らいでいた。

横合いから、和馬が声をかけた。

「お奉行。これは一体、どういうことでございまするか……もしかして、父上が生前、密かに探索をしていた勘定奉行の不正についてのことでございまするか」

たまらず和馬が身を乗り出すのへ、遠山は静かに頷いて、

「――その当時は、私はまだ町奉行どころか、西の丸の小納戸《こなんど》に入った頃ゆえな、詳細は知らぬが、吉右衛門が届けてくれたこの日誌には……破り捨てたところはあるものの……そういうことが想像できる」

「そういうこと、とは……」

「佐渡吉が忍び込んだ店が、勘定奉行に賄賂《まいない》を渡し、公儀御用達となって、店を大きくしようという企みが、だ」

「………」

「事実、すべての大店がその看板を手にしておる」

遠山は明らかに、和馬の父親が暴こうとした昔の贈収賄《ぞうしゅうわい》の話を持ち出してきて、その真相を明らかにしようとしていた。そう和馬は感じ取った。だが、遠山は違うことを言った。

「時の勘定奉行・本多摂津守《ほんだせっつのかみ》は、すでに家督を嫡子に譲り、隠居の身である。しかも、公儀御用達の看板を、直ちにこれをもって汚すのも、身共の望むところではない」

「では、なぜ……」

和馬が問いかけると、遠山はしっかりと頷いて、

「佐渡吉の押し込みが、如何なる罪に当たるか、それに相応《ふさわ》しい刑は何かを裁断するのが町奉行の務めゆえな。何を盗んだのかが、最も重要なのだ。千両の金なのか、それとも……不正を記した裏帳簿の類《たぐい》なのか」

と言った。

「町奉行として知りたいのは、佐渡吉……おまえがやろうとしたことではなく、何を盗んだか、ということだ」

「…………」

「しかも今般は地震によって、『越後屋』からは、何も盗んでおらぬ。もっとも、忍び込んで鍵を開けたことだけでも、罪は重い」

「はい……」

佐渡吉はしばらく俯いていたが、意を決したように話し出した。

「正直に申し上げます……」

威儀を正すように背筋を伸ばすと、腫れ上がった顔を遠山に向けた。

「俺は、若い頃、渡り中間をしていて、ほんの短い間ですが、高山家にもお世話になったことがあります。当主の俊之亮様がお亡くなりになる少し前のことでした……旦那様が、勘定奉行の不正を調べていて、ただの横領ではないと気付いたのですが、証拠がないと悩んでおいででした……そこで、私が……私が勝手に、ある大店に忍び込んで、裏帳簿を盗んできました」

「まことか……」

「はい。それを見て、旦那様は喜ぶどころか、盗みはよくないと説教されました。それで、私は自分から辞めました……いわば、その裏帳簿が、旦那様を死に追いやったようなものでした」

佐渡吉の話では——裏帳簿を盗んだのは、高山家の中間だと勘定奉行側に分かり、俊之亮の立場を危うくしていったのである。

「もう俺には関わりないことだと思ってやしたが……何年か経って、旦那様が調べていた大店が次々と公儀御用達になっていった。俺にはどうしても、それが許せなく……いつか必ず、真相を暴いてやると……旦那様の無念を晴らしたいと……そう思っていたのです」

切々と語った佐渡吉だが、わずかの間、奉公しただけの主人に対して、何故、そこまでやろうとしたのかが気になった。しかも、子供までできて危ない橋を渡るのは、どうしてかと遠山は思ったのだ。

「簡単な話です……もちろん旦那様への恩義もありますが、自分が義憤に駆られただけのことです。世の中、おかしいじゃありやせんか。こんな世の中でいいのかって」

「…………」

「でも怪我をして思い立ち、高山家に立ち寄ったとき……和馬様の生き様《ざま》を見て、逆に心が洗われました……世の中を責めたり、お上《かみ》に文句を言うよりも、自分ができることを精一杯やっている、その姿に……」

佐渡吉は押し入った大店から、必ずしも裏帳簿は得られなかったが、盗まれたことを自身番に届けもしない大店の態度を見て、悪事を働いていると確信したという。

「相分かった。だが、古味の妹が亡くなった事実は消えぬ。たとえ、わざとではないにしても、その罪は重い。覚悟せい」

裁決は後ほど、評定所《ひょうじょうしょ》にて合議の上、老中の決裁で決まる。死罪と遠島という重罪は、町奉行ひとりでは裁断できないのだ。

和馬も、そして古味も疲れ切ったように両肩を落としていた。

数日後——。

評定所が出した裁決は、遠島であった。遠島とは、〝終身刑〟である。何年に一度、御赦免花《ごしゃめんばな》が咲くこともあるが、それも奇跡に近いものであった。

ある朝、また雉が鳴いた。

大きな揺れではなかったが、江戸の人々はまた恐れおののいた。しかし、避難するほどのことではなかった。

すっかり片付いた高山家では、いつものように和馬と吉右衛門だけで朝餉を取っていた。だが、和馬は落ち着いていて、

「万が一のときには、新たな〝お救い奉行〟が素早く働くでしょう」

「ですな……私はてっきり、和馬様が任命されると思いましたが、この職、大久保様に奪われてしまいましたな」

「いや。大久保様でもないらしい。候補には挙がっていたらしいが、違う旗本がなった。ま、大久保様には向いていないだろう」

「でしょうな」

「ああ。あんな気短な人がなったら、被災者が余計に困るであろう」

「珍しいですなあ。和馬様が人の悪口とは」

「悪口ではない。本当のことだ」

「違いない。あはは」

何事もなかったように具沢山の味噌汁を啜りながら、

「今頃は、どの辺りだろうなあ」

と言うと、吉右衛門もズッと啜って、

「さあ……親子三人、無事に暮らせればようございますな」

「だなあ。遠山様も粋《いき》な計らいをするものだ。遠島になったのは〝ムササビの辰〟……佐渡吉という者は知らぬ、とか」

「さいですな。しかし、あの古味様にも、辛いことがあったからこそ、咎人には厳しいのですな……もっとも、亡くなったのは、〝ムササビの辰〟が刺したのが元ではなくて、生まれつき体が弱かったからだとか」

「そうなのか？」

「はい。その頃の、医者に聞いてみたら、ちょっとした切り傷だったと。でも、兄としたら深傷《ふかで》だったに違いありますまい」

「思い込みが強いからな、あの同心は」

「また、悪口ですか」

「本当のことだ」

ふたりは笑いながら、また味噌汁を啜った。

「吉右衛門……」

「はい。なんでございましょう」

「まあ、いい。聞くだけ野暮《やぼ》だな。おまえが一体、何処の誰かということを」

「私は……私でございます」

ふたりは同時に玉子焼きに手を伸ばした。最後の一個である。お互い譲り合いながら、また笑うのであった。

第四話　負けるが勝ち

一

富岡八幡宮の参道から一本奥の筋に入った所に、将棋《しょうぎ》の駒をかたどった看板がある。これは質屋《しちや》を表すものだ。

その店の暖簾《のれん》を分けて、吉右衛門が大切そうに鞘袋《さやぶくろ》に入った刀を抱えて出てきた。

「まったく武士の魂まで質草にするとは、困った若様だな」

溜息《ためいき》混じりに言って、杖を突きながら歩き出すと、突然、路地から飛び出してきた浪人者とぶつかりそうになった。立派な体軀で、総髪のいかにも見かけは武芸者らしいが、四十絡みの侍の割りには、挙動は少々、軽薄に見えた。

「あ、これは済まぬ、ご老体。怪我はないか。ぶつかってないから、ないですな。では、失敬つかまつる」

濃い眉毛《まゆげ》を歪《ゆが》めると、そそくさと行こうとした。そのとき、

「何処に逃げやがる、三ピン。待ちやがれ」

「今日こそは逃がさねえぞ、こら」

などと乱暴な声を上げながら、遊び人風が三人ばかり浪人を追いかけてきた。

吉右衛門は思わず質屋の軒下に戻って見ていると、浪人は遊び人風にあっという間に取り囲まれた。その兄貴格が、借用証文のようなものを突きつけて、

「おう、よく見な、梶井周次郎《かじいしゆうじろう》さんよ」

「――はい」

「はいじゃねえぞ、このやろう。利子を入れて十両と二分一朱。耳を揃えて、さあ今すぐ返して貰おうじゃねえか」

梶井はエッと借用書に顔を近づけて見た。

「文字が読めねえのか、ええ?」

「いや……目はいい方だが、五両借りたのが、一月《ひとつき》で倍以上とは、これ〝十一《といち》〟より高利ではないか」

「知るけえ。そういう約束じゃねえか」

「いや、これは無理だな……」

「なめてんのか、てめえ。あ、丁度いいや。ここに質屋がある。腰の大小を入れて用立ててきな。いくらなまくらでも、十両や二十両にはなるだろう。なにしろ、天下の名刀、備前長船長光《びぜんおさふねながみつ》なんだからよ」

兄貴格がそう言ったとき、吉右衛門は思わず声を発した。

「ええッ。そんな名刀、世に出廻ってるんですか。そりゃ、凄い。十両二十両の話じゃありませんよ。百両、貸してくれますよ」

じろりと振り向いた兄貴格は、刀を抱えている吉右衛門を見やり、

「じじいも質入れか」

「いえ、出してきたところです」

「ふん。おまえのご主人様も、ろくな奴じゃねえんだろうな」

と悪態をついてから、梶井に目を戻した。

「やいやい、どうする。返すのか、そこで金に換えてくるのか、おう！　でねえと、痛い目に遭わせるぞ、こら！」

怒声を浴びせた兄貴格に向かって、吉右衛門がまた声をかけた。

「やめた方がいいです。そのご浪人様は、なかなかの腕前だと思います。よくご覧な

さいな。その剣胼胝《けんだこ》に太い二の腕、首から肩に付いた大きな筋肉、胸板の厚さに、きちんと見えませぬが、脹《ふく》ら脛《はぎ》も相当なものだ。長年、修行を重ねてきたのでしょうね」

「うるせえ、黙ってろ、じじい」

「あなた方のためを思って言っているのです。もし、ご浪人が刀を抜けば、腕の一本や二本、あっさり斬り落とされるでしょうな」

吉右衛門はそう言ったが、梶井は不動明王《ふどうみょうおう》のように動かない。

「あ、そういや、ご浪人様は、先日、富岡八幡宮で、北辰一刀流《ほくしんいっとうりゅう》『伊東道場《いとうどうじょう》』の者たち数人に絡まれたのを、返り討ちにした方ではありませぬか」

「…………」

「ええ、たまたま参拝で、孫娘と通りかかって見てたんですよ。そしたら、最初に斬りかかった相手の指を五本とも落とし、二人目は耳と鼻を削ぎ落とし、三人目は鎖骨と肋骨《ろっこつ》を砕き、四人目は誤って喉《のど》を突いて殺してしまいましたよねえ」

「でたらめを言うな。そんなこと聞いたことがないぞ」

兄貴格が匕首《あいくち》を抜き払ったが、梶井は身構えもせず、まさにみじんも動かない。吉右衛門は横合いから、

「そりゃ負けたことは恥ですから、隠しておるのでしょう。悪いことは言いません。このご浪人には関わらない方がいい。金なら、私が立て替えて上げても宜《よろ》しいですよ」

とまで言った。

だが、兄貴格は無視をした梶井に突っかかっていこうとした。その寸前、吉右衛門の杖が兄貴格の足に絡み、ポポンと軽やかに三人の小手や腕を打った。三人とも地面にひっくり返り、起き上がろうとすると、また杖を次々と浴びせられた。

「痛え……」「なんだ、こいつ」「アタタタ！」

と悲鳴を上げるならず者たちに、吉右衛門は苦笑いしながら、

「ご浪人の真剣だったら、今頃、首が飛んでたかもしれませんよ。さあさあ、抜かないうちに逃げた方がいい」

そう声をかけると、「覚えてやがれ」と決まり文句を怒鳴って、三人は逃げた。

「あはは、ざまあないねえ」

と暖簾を分けて出てきたのは、質屋の女将《おかみ》、お景《けい》だった。浮世絵に出てきそうな、かなりの美形だが、どことなく品《ひん》の悪さがある。店の中から見ていたのであろう。

「あいつら、たしか日本橋の両替商『夷屋《えびすや》』に雇われた地廻りだ。御用商人のくせ

に夕チが悪い。そんな店で借りるからいけないのさ」

　お景はそう言って、備前長船長光なら私が貸してあげますよと梶井に近づいたが、まだ不動のまま立っている。目の前に手をかざして振ってみると、

「おや、このご浪人さん、立ったまま寝てるわよ。ちょいと」

　と声をかけると、ハッと目覚めた。

「あ、いや……吃驚《びっくり》した……あ、さっきの奴らは……」

「もう逃げて帰りましたよ。旦那って、お強いんですね。気絶している間に、やっつけるんだから、只者じゃございやせんこと」

　からかうように言うと、梶井は腰の刀に手を当てがい、ふうっと溜息をつき、

「どうも剣術は苦手でな……ああ、これは剣併胝ではなく、野良仕事で毎日、鍬《くわ》や鋤《すき》を握っているからだ、ははは。では、これにて御免。助かった、ああ助かった」

　と行こうとした。その袖を摑んで、

「旦那あ、悪いことは言わないよ。その刀なら、本当に金を貸すから、さっきの奴らに返してきな。でないと、厄介だよ」

　しなを作るような仕草で、お景は迫ったが、梶井はあっさりと、「これは竹光《たけみつ》だ」と言った。そして照れ笑いをして、軽く抜いて見せた。吉右衛門には分かっていた。

しかも、風に靡《なび》くような安物の竹光だ。

「だったら、お待ちなさい……お景さん、これで……」

吉右衛門は出したばかりの刀を手渡して、

「このご浪人様に貸してあげて下さい」

「えっ。そんなことして……」

「分かるでしょ。うちのご主人ならば、どうするか」

「さいですね」

お景はニコリと笑って、吉右衛門の言うとおりにするのだった。

そのまま、猿江町の高山家まで連れてきた。行く当てがないというから、しばらく泊めてやると吉右衛門は誘ったのだ。素直なのか、図々《ずうずう》しいのか分からないが、意外と和馬と気が合うかもしれぬと感じていた。

「いやあ、これは立派なお屋敷ですなあ」

門を見ただけで、梶井は尻込みしそうなほど驚いていた。

「よいですなあ……旗本ですか……」

「わずか二百石です」

「なにを贅沢なことを……拙者は生まれながらの浪人。剣術よりも野良仕事が多くてな。ま、そのお陰で正面に打ち下ろす速さだけは、誰にも負けぬつもりだ」

何を自慢しているのだと思いながら、吉右衛門が屋敷に招き入れると、珍しく和馬が書き物をしていた。しかも熱心に取り組んでおり、文机の周りには綴り本などが散乱していた。

「和馬様。ご相談したいことが」

「後にしてくれ。今、手が放せないのだ」

「何をなさっておいでで」

振り返りもせず、和馬は筆を走らせ続けている。

「例の立ち退き騒ぎについてだ。あんなことのために、深川一帯の人々を他に移せとは、御公儀もあまりにも酷《ひど》い仕打ちだ。その意見書をしたためておる」

「さようでしたか。では、ごじっくりと」

吉右衛門は、梶井を離れに案内した。客室として使っている所だ。

「屋敷の中も庭も殺風景でございましょ。男ふたりの所帯でしてな、奉公人を雇う金もないのでございます」

「えっ……なのに刀を質に入れてまで、拙者に……!?」

「武士は相身互《あいみたが》い。それどころか、困っている人を見ると必ず手助けする。それが今の若き当主の考えでしてな」

「さようですか……いや感服致しました」

梶井は心底、そう思ったようで、何度も頷いてから、

「して……深川一帯の立ち退きとは、もしかして、永代橋東詰の佐賀町《さがちょう》、熊井町《くまいちょう》辺りから大島町などのことですか」

「おや、ご存じでしたか」

「はい。実は、あの辺りに信濃松代藩《しなのまつしろ》・真田《さなだ》家の下屋敷がありましてな、そこに多少、縁があって出向いたのですが、追い返されました……あはは。そのときに、聞いたのです」

「何をです」

「ですから、あれでしょ、なんというか……あの辺りを両国橋西詰めのように、芝居小屋や見世物小屋を増やして、深川七悪所と呼ばれている遊郭街をひとつにして、おまけに幕府お墨付きの賭場《とば》を開くとか」

「よくご存じですな……」

吉右衛門は呆れ顔になって、梶井に文句でも言うように、

「おかしなことです。博奕《ばくち》は御法度《ごはっと》。御定書《おさだめがき》第五十五条で禁じられており、金元も

場所を貸した者も、もちろん賭《かけ》をした者も悉《ことごと》く遠島ですぞ。賭場を開かなくても、悪質な者は入れ墨の上、敲《たたき》です。取退無尽《とりたてむじん》ですら、家財没収の上、人別帳から外される……」

取退無尽とは、積み立てた金を商売のために受け取る、頼母子講《たのもしこう》や籤引《くじび》きの類《たぐい》である。それも賭け事として禁止されている。

「にも拘《かか》わらず、〃丁半賭博《ちょうはん》〃や〃花札博奕〃、他に双六《すごろく》だの何だのを、幕府自らが営むため、あの一帯の土地を召し上げるってんだから、吃驚仰天《ぎょうてん》ですよ……しかも、そのために、漁師は追い出す、荷船問屋は潰《つぶ》す、倉庫や蔵屋敷も他に移すとか……どう考えてもおかしなことでしょう」

理不尽《りふじん》だと怒る吉右衛門に、梶井はもっともだと賛同した。

「うちの主人は、幕府に対して、その撤回を求める訴え状を書いているのです」

「そうでしたか。いや、若いのに、なかなか立派でございまするな」

「私もそう思います」

にこりと吉右衛門が笑ったとき、「御免下さいましな」と玄関から、女の声がした。

吉右衛門は不思議そうに首を傾《かし》げた。女の客なんぞ珍しいからである。

二

いそいそと玄関に出てみると、まるで殿中で着るような鮮やかな綸子《りんず》の着物姿に、おさ舟に髪を結った武家の奥方風が立っていた。年の頃は、凛《りん》として若く見えるが、もう五十くらいであろうか。

門外には黒塗りの武家駕籠《かご》が停まっており、供侍《とも》や中間《ちゅうげん》、陸尺《ろくしゃく》、さらに女中など総勢十人ばかりが待機していた。

玄関からも勝手知ったる顔でズケズケと入ってきて、

「和馬。これ、和馬はおらぬのか」

と張りのある声をかけながら、殺風景な室内を見て、溜息をついた。溜息というより、憤怒の鼻息だった。

「——また誰ぞに恵んだのですか……まったく、何たるふしだらなことを」

文句を言ったとき、出てきた吉右衛門の顔や姿を見て、「おや」という目になった。不思議がるというより、訝《いぶか》しむ表情だ。

「あなたは、どなたですか」

「私は吉右衛門という者ですが、そちらこそ、どなたですかな。たしかに、当家は災害などのとき、町人百姓でも出入り勝手次第にしておりましたが、断りもなしに座敷にまで上がってくるとは、どういうことでしょうか」

「実家に帰ってきて、何が悪いのです」

「——実家……?」

「あなたこそ、誰です。いつから、当家に奉公しているのです。私は聞いてませんよ」

「つい最近のことです」

「見れば、何処ぞのご隠居のようですが、当家とはどのような関わりが?」

「特にありません。通りすがりです」

「まあ。あなたは人をからかっているのですか。和馬や、和馬。出てらっしゃい」

「あの、実家とおっしゃいましたが……」

吉右衛門が尋ねかけたとき、奥から梶井が出てきて、

「如何《いかが》なされましたかな」

と立った。その大柄な体と、押し出しの強い顔つきを見て、武家女は俄《にわか》に表情が険《けわ》しくなって、大声で表に声をかけた。

「出会え、出会え。曲者《くせもの》じゃ」

するとすると供侍数人がすぐさま駆けつけてきて、吉右衛門と梶井を取り囲んだ。いずれも腰の刀に手をあてがい、中には鯉口《こいぐち》を切っている者もいる。逆らえば斬るという必殺の構えである。

「もしや、おまえたちは、うちの大事な和馬をどうにかしたな。この御家を乗っ取るつもりか、下郎《げろう》！」

「落ち着いて下され。私たちはそんな者では……和馬様、妙なご婦人が来てますので、出てきて下さい。和馬様」

吉右衛門が奥に声をかけると、武家女はさらに声を張り上げた。

「妙とは何じゃ、妙とは！　私は和馬の伯母《おば》、千世《ちよ》です。和馬の父の姉です！」

憤懣やるかたない態度で、吉右衛門たちを押し退けるようにして、奥座敷に向かった。千世と名乗った武家女を守るように、供侍たちは前後左右を警固している。

奥座敷に入った千世の目に入ったのは、文机の上に積み重ねられた書類と、部屋中に散乱している資料なのであった。

だが、肝心の和馬の姿がない。

「あれ……」

千世は鼻の頭をひくひくさせながら、部屋中を廻り、さらに奥の部屋、コの字型の廊下などを歩いてきて、厠《かわや》の前に立った。

「そこにおりますな、和馬……分かっております。出てきなさい」

返事がないが、その扉の前に千世は立ったまま、

「子供の頃から、私が来れば、そこに隠れてましたね。分かっております。出てきなさい。開けますよ。こんな扉の鍵なんぞ、指先で壊せますぞ、さあ和馬」

と声を強めたが、出てくる気配がないので、サッと開けると誰もいなかった。ただ、羽織だけは扉の内側に掛けていた。その羽織を憎々しげに摑んだ千世は、

「おのれ、和馬……私の鼻が効くと思って、ふざけた真似を……！」

と鬼の形相で振り返った。

思わず仰《の》け反《ぞ》った吉右衛門と梶井を、千世はジロリと見上げて、

「一体、何を企んでいるのです」

と訊いた。

さっぱり訳が分からない吉右衛門は、とにかく落ち着いてくれと茶室にしている座敷に招くのであった。

冬場に切ってある炉の前で、吉右衛門は手際よく茶を点《た》てた。一応、裏千家《うらせんけ》の作法

で進めたが、千世にとっては武家の茶道である遠州流《えんしゅうりゅう》とは袱紗《ふくさ》の付け場所ひとつとっても反対なので、気になって仕方がなかった。

しかし、茶の湯は波立った心を静める効果がある。すっかり落ち着いた千世は、よく見れば、なかなかの器量よしで、上品な顔だちと所作であった。

和馬の父上・俊之亮のふたつ年上の姉だという千世は、もう五十を過ぎているというが、肌艶《はだつや》といい動きのキレといい、言葉使いの明快さといい、その年には見えなかった。吉右衛門が誉めると、

「世辞《せじ》と海老《えび》は大嫌い。どちらも殻《から》を取らねば〝本身〟が見えぬ」

と真顔で言った。あまり愛想笑いをすることもないせいか、人を突き放しているようにも感じた。それが武家娘として生きてきたせいなのか、無理にそうしているのかすら、吉右衛門にも分からなかった。

和馬の母親が早くに亡くなったので、面倒を見るのもあって、少し嫁に行くのが遅れた。嫁ぎ先は、武蔵浅川《むさしあさかわ》藩の藩主である。つまり大名である。大名といっても、わずか一万二千三百石で、城持ちではなく陣屋である。

それでも大名であることには間違いなく、しかも、「関ヶ原《せきがはら》」以前から徳川《とくがわ》家に臣《しん》従《じゅう》していた譜代《ふだい》大名ゆえ、ちょっと自慢げなのである。主人の加納丹波守《かのうたんばのかみ》正嗣《まさつぐ》はか

って、幕府の奏者番《そうじゃばん》も務めたことがある。

奏者番とは、大名や旗本が江戸城にて将軍に拝謁したり、献上品を渡す際に、将軍との間を取り持つ役目で、有職故実《ゆうそくこじつ》に精通していた。そのような家柄だから、少し鼻持ちならなかったのであろうか。

「──そのような立派な伯母上がいるとは、まったく聞いておりませんでした」

吉右衛門は茶を差し出しながら、つくづく感心した。ふつうならば、そのことを自慢したり、金銭的にも頼ったりするだろうからだ。だが、まったく当てにせず、自分の刀を質草にしてまで、貧しい人たちに分け与える精神に、吉右衛門は感服していると話した。

「はい。拙者も、その備前長船長光のお陰で、借金を返すことができました」

つい口を滑らした梶井を、千世は鋭い目で睨みつけた。だが、

「それは先祖伝来の大切な逸物……和馬め、折檻してやらねばなりませぬな」

と言いながらも、作法どおりに茶を飲んでから、茶碗を眺めた。

「おや、これは……」

「仁清《にんせい》らしいですね。和馬様は気前よく人にやったのですが、さすがに遠慮したのか、後になって骨董商が返しにきました」

「さいですか……私は黒楽《くろらく》が好きなのですがねえ……」

　茶を飲んで気持ちが和《なご》んだのか、吉右衛門の人を安心させる態度のせいか、千世はなぜか幼いときの和馬について語り始めた。

「物心ついた頃から、あの子はなんでも人にくれてやる癖があって、屋敷に訪ねてくる物売りにさえ、土産《みやげ》に持っていけと、その人に相応《ふさわ》しそうな物をやるのです」

「相応しそうな物……」

「小さな子がいると聞けば、金魚の玩具とか、お婆さんがいると知ると孫の手になる竹細工とか、酒飲みの父親がいると聞けば徳利とか……なんというか忖度《そんたく》する気持ちが、幼心なりに働いていたのでしょうね」

「そうでしたか……分かる気がします」

「でもそれは、母親が早くからいなくなったことへの寂しさの裏返しだったのかもしれません。お清という優しい乳母がおりましたが、やはり産みの母とは違いますからね」

「そうでしたか……和馬様も、母親は自分を捨てて、何処に行ったかもしれず、どういう女だったかも分からない……と私に話してくれました」

「まあ、そんなことまで和馬が……よほど、あなたのことを信頼したのですね……この茶を飲めば、人柄は分かります」

吉右衛門の茶を誉めながらも、微笑ひとつ洩らさなかった。鉄面皮《てつめんぴ》に近いのであろうか、それともこの伯母も心に何か抱《かか》えているのかと、余計なことを勘繰《かんぐ》った。

「でも、なんでもかんでも人に物をやる。それが、あの子のいけないところです」

「私もそう思います」

「そうでしょ。金や物では、そりゃ解決することもありましょうが、それだけでは足らぬのです。そういうものです」

「なんだか私と気が合いそうですな」

吉右衛門がハッハッと笑いかけても、千世はあっさり、「いえ、合いません」と返してくるだけであった。

「——それにしても、何処に逃げたんでしょうねえ……」

「小うるさい伯母に、顔を突き合わせたくないのは本当かもしれませんが、きっと世のため人のために、今も出向いたのだと思いますよ。幕府の理不尽な立ち退き騒ぎについて、一生懸命、頑張ってるようでしたから」

「なるほど、あの子らしい……ですがね、吉右衛門さんとやら。小うるさい伯母、は余計じゃございませんか」

「これは、申し訳ありません」

素直に吉右衛門が深々と頭を下げると、梶井は大笑いをした。

「何がおかしいのです」

「いや、なに。私も一宿一飯の恩義とやらで、いやそれ以上の恩義がありますから、しばらく若殿のために尽力したく存じます。実は、拙者、浅川藩の隣の川越《かわごえ》藩から〝整理〟されましてな。ついては、伯母上様にもよろしくご指導ご鞭撻《べんたつ》のほどお願い申し上げます」

と梶井は初めて、まっとうに話した。

「ところで、伯母上様は、今日は何か用でございますか」

吉右衛門が尋ねると、千世は我に返ったように、

「ああ、そうでした。嫁《よめ》をね……良い縁談を持ってきたのです」

「縁談……」

「そろそろ嫁を貰うて、高山家の跡継ぎも欲しいですしね。嫁や子供ができれば、暮らしも大変になるから、人様に金品をやたら恵む癖も減るでしょう。ですよね」

千世は確信に満ちた顔で、ふたりを召使いのように睨んだ。

三

一方——屋敷を抜け出した和馬は、番町の小普請組支配・大久保兵部邸まで訪ねてきた。折しも、組頭の坂下善太郎も来ていたので、和馬は此度《こたび》の〝深川立ち退き〟の件につき、進言した。

「どう考えても理不尽でございましょう、大久保様もそう思いませぬか」

熱血漢の如く和馬は、真剣なまなざしで訴えた。

「たしかにあの深川のあちこちは、先日の地震や鉄砲水によって壊滅した所も出てきております。そこを新たに長屋を建て直すというなら話は分かりますが、この騒ぎに乗じて、すべてを浚《さら》って、新しい繁華な町にしようというのは如何なものでしょう。しかも、賭場や遊郭を集める？　冗談じゃありませぬ」

「ふむ……」

大久保も坂下も気のない顔で聞いているが、和馬は懸命に話した。

「中には仕事にあぶれている者がいて、日々の暮らしすら大変なのに、芝居小屋や見世物小屋を見る余裕がありますか。賭場や遊郭が必要ですか」

「………………」

「ましてや賭場なんか出来てごらんなさい。なけなしの金を突っ込んで、余計に暮らしに困る者が出てくる。そもそも御定法で禁じられているものを、何故にご公儀が設営することができるでしょうか」

興奮気味に和馬は続けた。

「ましてや、歌舞伎などは〝昼千両〟という江戸の華ではありますが、庶民にとっては縁の薄い所ですぞ」

栈敷《さじき》席が銀十五匁《もんめ》、つまり一両の四分の一の一分銀が必要。土間《どま》席でも銀十二匁、土間割合という相席でも百八十文。庶民の一日の稼ぎが吹っ飛んでしまう額である。いわゆる〝切落とし〟という安い席があるが、それでも蕎麦《そば》四、五杯食える値段だ。芝居見物は贅沢《ぜいたく》な娯楽だったのである。

「そのような所をご公儀が率先するなんぞ、信じられませぬ。すぐにでも反対の意見書にて言上し、深川の実態をお伝え下さいますよう、切にお願い申し上げます」

そのための資料も風呂敷に包んできて、和馬は提出した。だが、大久保はそれに目も通さずに、冷徹に言った。

「――さようなことをして、何になるというのだ、高山」

「決まっております。本所・深川で困っている人々の暮らしを立て直すためです」

「それは、幕府とて同じ。老中・若年寄たちが評議して決めたことも、被災から復興するためのものである」

「ならば、娯楽は後廻しでもよいかと……」

「目先のことばかりを考えて何とする」

大久保はいつになく理路整然と話し始めた。

「おまえが言わんとすることも分かる。だが、人は犬猫とは違う。食うだけで満足する生き物ではない」

「はい。着物も着れば、住む所も必要です。それらがすべて整ってから……」

「まあ、聞け――此度の深川再建については、おまえも承知しているとおり、佐賀町、熊井町、堀川町《ほりかわちょう》など数町をひとつの町として、栄える町として作り直すのだ」

「栄える町……」

「さよう。永代橋は、両国橋に比べて、人や物の通りが少ない。橋の上は富士山を眺められる名所であるし、江戸で一番の繁華な日本橋とも近い。つまり、日本橋と深川を、一本の道で繋ぐことで、人を集め金を集めることで、新たな江戸の名所にするのだ」

良く聞けよと念を押して、大久保は坂下にも言い含めるように続けた。

「この辺りの町は、富岡八幡宮の参道の入り口でもある。つまり、参拝の行き帰りに、しぜんに立ち寄ることができる場所だ……ここに芝居小屋などができることで、当然、それに付随した茶店や料理屋なども増える。歌舞伎役者なども、移ってくる。大川に面しているから、船宿もさらに増え、屋形船での水遊びにも相応しい。両国の花火に負けぬ花火も打ち上げられよう」

「花火は両国で充分と思われますが」

「その前に、大きな公儀普請となる。さすれば、おまえがいつも懸念している雇用が生まれる。働き口が増えて、金を稼げる。人々は金を稼いで、それを蓄えることができれば、新たに出来る繁華な町で、楽しみも増える。そこに人々がどっと集まれば、金は天下に廻り、また新たな富が増えることに繋がる」

「もちろん、その考えに反対ではありません。普請によって働き口が増えるならば、芝居小屋や遊郭、賭場ではなく、人々が住む町や家を作っても同じではないですか」

「いや、しかしな……」

「大久保様のお考えも分かります。その後に富を生むかどうかも分かります。それでも、今は人々の暮らしが喫緊《きっきん》の……」

「もうよいッ」

断ち切るように、大久保は言った。

「おまえの話を聞いておると虫酸《むしず》が走る」

「虫酸、ですか……」

「さよう。己《おの》が考えが正しい、己《おのれ》だけが正義に適《かな》っている……懲《こ》り懲《ご》りだ」

大久保はこれ以上は無駄だと突き放し、

「ご公儀が人々の暮らしのことを考えてないとでも思うてか。小普請組がお役に立つときでもある。違うか？——おまえは所詮は、小普請組のひとりに過ぎぬ。せいぜい無駄な足掻《あが》きをするがよい」

坂下もそれに追随して、嫌味な口調で言った。

「今後は、組頭の俺を通せ。支配は何かと忙しいのだ。人の迷惑も大概《たいがい》にせい」

「——そうですか……では、私は私のやり方にてするまでです」

失礼しましたと頭を深々と下げてから、和馬は退室した。目を見合わせた大久保と坂下は、困ったというように頷いた。

「またぞろ余計なことをされては、俺たちが迷惑を被《こうむ》る。何でもよいから、小さな役職を付けさせて、無駄口を利けないようにした方がよさそうだな」

大久保がぼやくと、坂下も不愉快な顔になって、

「あやつめ、どうやら私たちのことを小馬鹿にしているようですから、事と次第では、痛めつけておきます」

と腹立たしげに言うのだった。

帰りがけに永代橋から富士山を眺め、相川町《あいかわちょう》から福島橋《ふくしまばし》を渡って黒江町《くろえちょう》に向かっていると、突然、路地から出てきた若侍たちとぶつかった。数人が何処かへ血相変えて行こうとしている。

「人にぶつかって、謝《あやま》りもしないのか、近頃の若いのは、礼儀も知らぬのだな」

思わず和馬が声を上げると、富岡八幡宮の参道の方へ向かいかけていた若侍たちが、キッと鋭い目で振り返った。いずれも血気盛んという言葉が相応しい態度だった。

「なんだと。おまえこそ……」

文句を言ったのが、自分たちとさして年が変わらぬ和馬だったので、若侍たちはすぐに戻ってきて、因縁をつけた。

「おまえ。なんと言った、もう一度、言ってみろ」

「何度でも言ってやる。この礼儀知らずが」

和馬は大久保の言動に腹が立っていたから、関係のない若侍に発散したのだろう。

若侍たちの頭目格が、

「俺たちを誰か知らないで、言いがかりをつけてきたのだろうが、後悔するぞ」

「言いがかりとは畏《おそ》れ入る。おまえたちの方がぶつかってきたのだ」

「聞いて驚くな。俺たちは、そこの伊東道場の者だ。北辰一刀流《ほくしんいっとうりゅう》を極めた者ばかりだ。逆らうと痛いめに遭わせるぞ」

北辰一刀流とは、千葉周作《ちばしゅうさく》が、自分の家に伝わる北辰夢想《むそう》流と、十六歳の頃から江戸にて学んだ中西派《なかにしは》一刀流を合わせて創設した、幕末最大の流派である。本部道場『玄武館《げんぶかん》』は、神田お玉《たま》が池《いけ》にあった。

その弟子のひとり伊東誠一郎《いとうせいいちろう》が、深川中川町《なかがわちょう》に町道場を構えていた。中川町とは、加賀町《かがちょう》に隣接している所で、通称は〝中之堀《なかのほり》〟と呼ばれている。中之堀の南岸に沿った町だからである。町内には自身番があって、比較的治安もよい場所柄だった。そこで物騒な喧嘩騒ぎである。

「さような名のある流派を極めた者が、この程度の人間でしかないならば、師範は何を教えておるのだ。到底、武道とは言えぬな」

和馬が言い返すと、頭目格はさらに怒りを発して、

「なんだと。師範を侮辱するか」

「親の顔が見たい、というのと同じだ。おまえたちの言動を見ておれば、想像がつくというもの。剣術とは何だ」

「——なに……」

「即答できぬとは情けない。ただの人殺しの技《わざ》としか思うてないようだな。それが北辰一刀流の教えとは知らなんだ」

「よくも言うた。成敗してやる！」

頭目格が怒鳴って刀に手をかけたとき、髭面《ひげづら》の一見、容貌魁偉《ようぼうかいい》な男が通りかかり、掘割の橋から声をかけた。立派な体軀《たいく》で、背丈も高かった。

「やめとけ、貴様ら」

野太い声で威圧的であった。まだ三十そこそこだと思うが、妙に押し出しがある。かといって乱暴ではなく、品性すらあった。

「伊東先生が泣くぞ。つまらぬ喧嘩はするなと言うたであろう」

「喧嘩ではありません。俺たちは……」

若侍の誰かが言いかけたが頭目格は、よせと手で制し、

「たしかにつまらぬ足止めを食らった。かようなことをしているときではなかった」

と一方へ駆け出した。

――なんだ、あいつら……。

和馬は心の中で呟いたが、髭面の男が止めてくれなければ、あるいは斬られていたかもしれぬ。和馬は通りすがりの、武家か町人かも分からぬ御仁に礼を言った。

「かたじけない。命拾いをしました。私の刀は、役立たずなもので」

竹光であることを匂わせると、その男は苦笑して、

「なかなか気丈な若侍だな。ちと、うちへ寄っていかぬか。なに、すぐそこだ」

と指さした屋敷は、立派な番小屋付き長屋門の武家屋敷だった。信濃松代藩真田家の下屋敷である。

「えっ……あっ……もしかして、あなた様は、佐久間《さくま》象山《しょうざん》先生ではありませぬか」

「さよう。こんな面構《つらがま》えだが、怖い人間ではない。さあ、参ろう」

佐久間象山といえば、後に吉田《よしだ》松陰《しょういん》、勝海舟《かつかいしゅう》、橋本《はしもと》左内《さない》など幕末維新を駆け抜ける俊英たちが門弟となる朱子学者であり、兵法家である。むろん、この頃から異彩を放っており、松代藩屋敷内で塾を開いていることは、和馬も噂には聞いていた。

五両五人扶持という、松代藩士の下級武士の子として生まれたが、当代一の儒学者・佐藤一斎《さとういっさい》の門弟となり頭角を現した。千葉道場があるお玉が池にも塾を開いてい

る。後に、江川英龍《えがわひでたつ》に西洋砲術などを学んで、この藩下屋敷で海防学などを教授するが、すでに国防に対する高い意識を持っていた。

「まず聞いておきたいのですが……」

　唐突に和馬は尋ねた。

「この一帯に、幕府は、芝居小屋や見世物小屋、遊郭を作り、賭場まで作ろうとしているのを、ご存じですか」

「噂には聞いた」

「それが事実なら、賛成ですか、反対ですか」

「反対だ。そんな悠長なことを言ってられる世の中ではない。江戸湾のすぐそこまで、異国船が現れておる。しかも戦艦だ。この国中の沿岸が悉《ことごと》く狙われておるのだぞ」

「やはり、反対ですよね」

「ああ。そのようなものを作る金が幕府にあるのならば、この一帯も含めて、沿岸はすべて防壁を作り、武器弾薬は元より、大筒なども備え、国を守る砦を作るべきだ」

「――そ、そうですか……」

　この意見もまた、和馬とはそぐわないものだったが、面白そうなので、佐久間象山に誘われるままに下屋敷に入るのだった。

四

高山家の屋敷にドッと傍若無人《ぼうじやくぶじん》に乗り込んできたのは、先刻、和馬に絡んだ伊東道場の門弟たち数人だった。

いかにも血気盛んな頭目格の若侍が、怒声を張り上げた。

「梶井周次郎！　出てこい。尋常に勝負しろ！　ここに逃げ込んだのは百も承知だ。さあさあ、出て参れ！」

屋敷中どころか近在にも聞こえるような大声だった。

——すわっ、何事か。

飛び出してきた吉右衛門が見たのは、若侍ばかりで、自分には孫にすら感じた。

「なんですかな。勝手に門内に入って、無礼ではありませぬか」

吉右衛門が言うと、老人に気を使ってか、頭目格は一応、気持ちを落ち着けるように一息ついてから、

「お尋ねしたい。当家に、梶井周次郎という浪人が滞在しておられよう。直ちに、

我々に引き渡していただきたい」

「いきなり、そう言われましてもな。まずはお名前を」

「あ、拙者……中川町の伊東道場門弟で、沢田伸太郎《さわだしんたろう》という者、他の四人は弟子《でし》でござれば……当家にはご迷惑をおかけし申し訳ございませぬが、梶井周次郎をここへ出して貰いたい」

「訳を聞きたいですな」

「遺恨《いこん》でござる」

「――遺恨とは……これまた穏やかではありませぬな。公儀から出た仇討ち許可状などは、お持ちですか」

「さようなものはない」

沢田と名乗った若侍は、また元のように苛々《いらいら》としてきた。

「ないのですか……でしたら、差し出すわけには参りませぬなあ。仇討ちは禁じられておりますし、私恨だとすれば、これまた恨みが恨みを生みますからな」

「ええい。面倒だ、屋敷内を探し出せ！」

まさに暴挙とも言えるやり方で、土足のまま乗り込もうとしたとき、奥から様子を見ていた千世が声をかけた。

「伊東道場の門弟と聞こえたが、おまえたちは士分なのか、町人なのか」

「浪々の身ではあるが、れっきとした武士だ。こっちは、兄弟子たちを翻弄《ほんろう》した梶井に用事があるのだ。出せ」

「――ああ、あの時の……」

吉右衛門はニンマリして、得々と話した。

「腕利きの兄弟子たちが蹴散らされたのだから、あんたたちはまた返り討ちだ。悪いことは言わぬ、帰った方がよろしいかと」

「黙れ、じじい。四の五の言っていると、おまえも斬るぞ」

「おやおや。まるで、ならず者ですな」

呆れ顔で吉右衛門が言うと、千世が前に出て厳しい声で、

「ここは仮にも旗本屋敷ですぞ。それなりの覚悟があるのでしょうな」

「言わずもがなだ」

「私は、武蔵浅川藩藩主・加納丹波守の正室です。甥の屋敷に乗り込んできた無法者を、見逃すわけには参りませぬ。譜代大名に刃を向けたも同然。さあ、如何《いかが》致します」

大名の名前までが出てきて、沢田は一瞬、たじろいだが、打ち震えながらも奥に向

かって怒声を浴びせた。

「やい、梶井！　貴様、そうやって逃げてばかりいるのか、卑怯者！」

今にも踏み込んできそうなので、千世の供侍たち数人が駆けつけてきて、沢田たちに対峙《たいじ》した。驚いた若侍たちは、わずかに尻込みをしたが、もはや後には引けぬとばかりに意地になっていた。

「出ておいきなさい！　今度だけは見逃してあげます！」

千世が命じたが、沢田たちは退散しようという気はさらさらないようだった。

すると——申し訳なさそうに梶井が廊下から歩いてきて、

「吉右衛門さん。和馬様には改めて礼を申し述べたいが、借りたものは必ず返しますので、宜《よろ》しくお伝え下され。奥方様にも大変、失礼をば致しました」

と丁寧に挨拶して、沢田らに向き直った。

「話を聞こう。ここは他家であるし、血で汚したくないので、表に出よう」

「——よし、分かった」

「さあ、さあ」

梶井が追い払う仕草をすると、沢田たちはぞろぞろと門外に出ていった。とたん、おもむろに、堂々と、ゆっくり表門を閉めて、内側から閂《かんぬき》を掛けた。もちろん、梶井は門内に留まっているままだ。

表に出て待っている沢田たちは、閉められた門を見て、

「おい……何の真似だ、おい！　この卑怯者が、開けろ！」

と声をかけ、ドンドンと扉を叩いたが、梶井は返事もせず、玄関へと戻った。

「やはり、門は不要不急であれば開けていてはなりませぬな。和馬様は誰でも出入りできるようにと常々、申されているようですが、ああいう輩《やから》もおりますからな、ははは」

面白そうに、梶井は笑った。その臨機応変な対応に、吉右衛門は感服して、

「お見事でございましたな。余計な怪我をさせずに済んだ。あっぱれでございます」

と誉め讃えた。

千世もなんだかおかしくなって、ふたりにつられて笑った。

表門はしばらく叩かれていたが、諦めたのか疲れたのか、聞こえなくなった。

その夜──。

遅くなって、千鳥足《ちどりあし》の和馬が帰ってきた。随分と酒を飲んだ様子である。

「む……なんだ、門を閉めてからに……ひっく」

ドンドンと潜《くぐ》り戸を叩くが、力がなく、その場に崩れてしまった。

何処に潜《ひそ》んでいたのか、沢田たちが駆けつけてきて、

「おい。おぬし、この屋敷の者か……」

と声をかけて、アッと見た。

昼間、中之堀辺りで出会ったあの侍ではないか。

「おい。起きろ。おまえは、この高山家の奉公人なのか、おい」

「俺か……俺は、この……ひっく、高山家の当主……和馬だ……何か用か……」

「なんと。まことか」

「嘘をついて、ひっく……何になる」

そのまま眠りこけた和馬を見て、沢田は眉を顰《ひそ》めて、

「当主が聞いて呆れる。情けない奴だ……そうだ。良い考えが浮かんだぞ」

と仲間たちに命じて、道場に連れていかせた。人質に取る気である。

五

翌朝早く——。
帰ってこない和馬のことを、寝ずに心配していた吉右衛門は、そわそわと潜り戸か

ら表に出ようとした。すると、表門の下の隙間から、竹割棒に挟んだ書状が差し込まれているのを見つけた。

すぐに開けてみると、そこには、

『御当主・和馬殿を預かり候。無事、返して欲しく候わば、梶井周次郎を差し出し、伊東道場にて尋常に勝負致したく奉り候』

と記されてあった。下手《へた》な文字で、候言葉も間違っている。

「あいつらか……腕もなまくらなら、筆も生半可《なまはんか》か……はてさて、いつの世も、バカな若いのには困ったものじゃのう」

吉右衛門は唸ったが、それを畳んで懐《ふところ》に入れると、まだ西の空に浮かんでいる月を見上げた。短く溜息をついて、ひとりで潜り戸を出ると杖を突きながら、伊東道場の方へ向かって歩き出した。

伊東道場は、信濃松代藩下屋敷に隣接し、中之堀に面してあった。

清められた道場の中央、神棚には天照大神《あまてらすおおみかみ》が祀られており、壁には竹刀《しない》や木刀が波打つほど掛けられている。門弟の数が多いのを物語っている。

だが、まだ早朝である。誰もおらず深閑としていた。

「頼もう！　道場主の伊東誠一郎様にお目にかかりたい！」

腹の底から湧き上がる声で、吉右衛門は門前から挨拶をした。誰もいないのかと思いきや、昨日の沢田たち数人の若侍が、奥から足を踏み鳴らして現れた。

「――なんだ、じじいか」

「これは、何の真似かな、お若いの」

「我らを閉め出すからだ。梶井は来ておらぬのか」

「今すぐ、返していただきたい。当主の和馬様は関わりのないことだ」

「連れてこぬのなら、大切な当主様とやらが、どうなっても知らぬぞ、じじい」

「おまえたちでは話にならぬ。道場主の伊東誠一郎様を出しなさい」

吉右衛門が落ち着いた声で言うと、またしても沢田たちは騒ぎ出して、年寄りでも容赦せぬぞとばかりに取り囲んだ。

そのとき、奥から、風格のある面立ちで、いかにも剣客でありそうな立ち姿の男が現れた。黒い道着が一層、名のある道場主らしかった。若い者たちを制しながらも、吉右衛門に対しては、険しい目つきで、

「そこもとは……」

「高山家に世話になっておる者です。当主の和馬様が、この若い衆たちによって、拐《かどわ》かされました」

懐から文を取り出すと、吉右衛門はそれを広げて、伊東に見せた。

「あなたも承知のことですかな。もし、そうなら、拐かしの咎《とが》に問われましょう」

「――門弟たちの行いは、甚《はなは》だ軽率の誹《そし》りは免れますまい。だが、こちらが求めている梶井の身柄を、高山家があくまでも匿《かくま》うのでしたら、やむを得ませぬ」

「理由はどうであれ、当家の主を拐かしたことは、お認めになるのですな」

「素直に、梶井を差し出せば済む話だ」

「梶井殿は一体、何をしたのです」

「理由など、そこもとには関わりなかろう」

「随分と乱暴な物言いですな……もし、富岡八幡宮での一件の仕返しならば、門弟たちの方が悪いですよ。たまさか、私はその場を見ておりましたが、わざと鞘当《さやあ》てをしました」

刀の鞘を当てる行為は、わざとでなくても最も無礼なことである。ゆえに、武士は常に左側を歩き、擦れ違う武士の刀には触れないように気をつけている。

だが、道を譲った梶井に、わざと近づいて、振り返るふりをしながら、ガチッと鞘を当てたのだ。それでも、謝ったのは梶井の方で、やり過ごそうとしたが、

「北辰一刀流、伊東道場の者と知っての狼藉か。勝負しろ」

と喧嘩を吹っかけたのは、門弟たちの方だと吉右衛門は伝えた。

しかし、伊東自身が納得せず、多勢で無勢に負けたことまで棚に上げて、梶井に仇討ちをすると言い張ったのだ。

「どうやら、道場主からして、考え違いをなさっているようですな……私も主人を連れ戻しに来たからには、手ぶらで帰るわけには参りません」

「なんだと、じじいの分際で喧嘩を売るのか」

横合いから、沢田が声を荒げた。吉右衛門はそれは相手にせず、伊東に向かって、

「主君を人質にされて、黙って指を咥《くわ》えている家来がおりますかな」

と言うと、若い門弟たちから、今度は笑い声が湧き起こった。ゲラゲラと人を小馬鹿にした態度の見本のような笑いだった。

「どうしたいのかな、ご隠居……」

「そうですな。私と一手、お手合わせを願って、もし勝ったら、主人を連れて帰り、梶井殿のこともお忘れ下さいませ」

「真面目に言うておるのか」

「はい――」

若い衆たちが騒ぎ、沢田がズイと吉右衛門に近づいて、

「ふざけるな。相手なら俺で充分だ」

と突っかかろうとしたが、伊東は容赦ない顔で制して、「よかろう」と答えた。そして、好きな竹刀を選べと言ったが、吉右衛門は首を横に振りながら、

「真剣で如何でしょうか。どうせ余っている命、私は惜しゅうございませぬ。尋常に勝負したいと書き置きしたのは、そちらですぞ。それとも、真剣は怖いですかな」

「…………」

「北辰一刀流の教えは、千葉周作先生の言葉によると、『それ剣は瞬速、心、気、力の一致』とのことですが、理にかなっていると思います。それを真剣にて遺憾なく発揮してもらいたい……それとも、梶井殿にしたように、大勢でひとりを叩き潰しにきますかな」

淡々と気迫も何もなく言ってのける吉右衛門を、伊東は不気味にすら感じた。このような素人の相手をする方が、恥ではないかと伊東は思ったようだが、

「真剣を持てい」

と弟子のひとりに言うと、すぐさま二本持参した。

「度胸だけは買うてやる、ご隠居。だが、止めるのなら、今だぞ」

伊東は刀を腰に差しながら、柄の具合を確かめた。だが、吉右衛門の方は真剣はい

らぬと断って、

「私は、この杖で結構。刀は重たくて、年寄りが扱うのは大変でしてな」

　と道場の真ん中に立ち、杖を片手で持って下段に取った。

「言わせておけば……からこうておるのか」

　伊東もその場に行くと、抜刀するや青眼に構えた。すぐに斬りかかると思ったが、伊東は不思議と間合いを取っている。吉右衛門の方は不動の構え、いや自然体だが、ぼうっと立っているだけのように見える。

「ただの鞘当てとは思えませぬ。梶井周次郎という男、実は何があるのですかな」

　話を蒸し返すように、吉右衛門が訊いた。意表を突かれたように、伊東は半足分だけ下がって、相手が打ち込んでくるのを避けながら、

「何がと言われても……」

「川越藩を辞めさせられ、借金で首が廻らぬ暮らしぶり。たかが、そのような浪人に、伊東道場の猛者《もさ》どもが、言いがかりをつけてまで斬りたかった訳です」

「……剣に集中させぬつもりだろうが、その手は食わぬ」

　と伊東が言った次の瞬間、吉右衛門は踏み込んだ。隠居とは思えぬ、鮮やかな速さに、伊東は一瞬、避け損ねて仰向けに倒れた。

その伊東の腹に、杖の先を鋭く突きつけたが、すんでのところで伊東は転がって躱《かわ》しながら、サッと刀を払った。わずかに吉右衛門が間合いを取った隙に、踏ん張るように立ち上がって構えた。

「――なかなか、やるのう、じじい。こっちも手加減はせぬぞ」

伊東は本気で真剣を振り下ろしたが、その内側に踏み込んで、丁度、掌底《しょうてい》を相手の顎《あご》に添え、杖を持つ右手も伊東の腕に絡ませて、動けぬように固めた。

「!?――うぬ……」

組み合ったまま動かなくなった。体は明らかに伊東の方が大きく、偉丈夫なのだが、踏ん張る吉右衛門の足もなかなか強い。

門弟たちは目を丸くして見ていた。

丁度、伊東の耳元に、吉右衛門の顔があてがわれ、力比べをしているように見える。

だが、実は伊東の動きは封じられており、まるで関節が抜けたように動けなかった。

俄《にわか》に額から冷や汗が流れてくる。

――只者ではない。

と伊東は感じたようだった。

「もう一度、訊きます。梶井とは何者なんでしょうか」

吉右衛門が耳元で囁くと、伊東は微動だにしないまま答えた。

「あ、あやつは……討幕を企んでおる一味のひとりだ」

「討幕……これまた焦臭《きなくさ》い……」

「一昨年、大坂で……一揆や打ち壊しを煽動して死んだ、かの大塩平八郎《おおしおへいはちろう》とは、陽明《ようめい》学《がく》を通じて昵懇《じっこん》だった」

「大塩平八郎と……」

「年は親子に近いほど離れておるが、佐藤一斎を師と仰いでいた」

天保《てんぽう》年間は飢饉《ききん》が相次ぎ、米価が高騰したのも相まって、諸国で一揆や打ち壊しなど大騒動が起こった。貧困に喘ぐ人々が増え続け、飢餓や一揆などを含めて何十万人もの死者が出る事態となっていた。

陽明学の中心の思想は、家臣が、正しいことを主君に進言することにある。たとえ国家の命令であっても、国家のためにならなければ、あえて逆らう思想だ。それが本当の忠義であり、主君にへつらうことは国を亡ぼすだけである。

「だが、その考えも行き過ぎると却《かえ》って、国難を招くことになる。俺たちは、それを案じているのだ。あやつは、大塩平八郎がしたことを、この江戸でやろうとしている。それゆえ、事前に成敗しようとしたのだ」

「なるほど……ならば、それは私が止めましょう。その代わり、二度と闇討ちのような真似はしないで下さいませんか」

「うっ……」

「如何《いかが》でしょう。このまま門弟の前で、恥を晒しますか」

「な、何者なのだ、おぬし……」

「さあ、如何致しましょう」

ほんのわずか、吉右衛門の掌底に力が入った。すぐに、伊東は目で頷いて、

「――わ、分かった……」

「まことに」

「や、約束する……本当だ……」

伊東が呟いた次の瞬間、サッと吉右衛門は後ろに飛び下がった。同時、伊東がブンと一太刀横薙ぎに払うと、

「参った！　参り申した！」

吉右衛門が杖を床に置いて、両手を突いて座った。動きを止めて見下ろした伊東は、すぐさま大きく頷いて、

「年寄りにしては、なかなかの腕前。昔はさぞや鳴らしたのであろうが、我が北辰一

刀流に敵《かな》うはずがない。今日のところは許してやるが、二度と愚かな真似をするでない。年寄りの冷や水というものだぞ」

「はは。承知仕《つかまつ》りました」

大袈裟《おおげさ》なくらい吉右衛門が詫びると、門弟たちはホッと安堵したかに見えたが、すぐに調子に乗って、やいのやいのと文句を言い始めた。しかし、伊東は叱責して、

「やめぬか。おまえたちと真剣でやったのなら、殺されていたであろう。高山家の当主をお返しし、梶井にも二度と手を出すな」

「えっ。それでいいのですか……」

沢田が不満そうな声を洩らすと、伊東は険しい目で、

「儂の言うことが聞けぬのか」

と睨みつけた。

すぐさま、和馬は、吉右衛門に支えられながら、道場から出た。

だが、まだ二日酔いなのか、気持ち悪そうな青ざめた顔で、ふらふらと歩いている。肩を貸している吉右衛門を、沢田たちが追いかけてきて手を貸した。伊東から命じられたのだ。

中之堀に架かる橋を渡っていくのを——道場に隣接している信濃松代藩の門前から、

佐久間象山が見ていた。

「あの若侍は、高山和馬殿……しかも、あのご隠居は、何処かで見たような……」

ちらりと振り返ると、道場の前では、伊東が見送っている。

ふたりは一瞬、目が合った。

火花が散ったほどではないが、互いに避けるように顔を背《そむ》けた。佐久間の方は、昨日の喧嘩の場を止めている。

——あの後、一体、何があったのだ……。

と不思議そうに見送っていた。

六

「まったく、情けない姿ですわね、和馬」

無様《ぶざま》な様子の甥っ子に、千世は説教をする気概も削《そ》がれていた。

かなりの下戸《げこ》なのであろう。あまり酒を飲む姿は見たことがないが、吉右衛門は今後は気をつけなければならないと感じた。

「こんなになるまで、何処で何をしていたのです」

千世が苛立ち半分で問いかけると、部屋の片隅から見ていた梶井も、心配そうに声をかけた。伯母が来てから、突然、姿を消してしまったからである。

「いえ、それがですね……」

吉右衛門は和馬を庇うかのように、すぐに答えた。

「どこで知ったのか、梶井様のことで、御自ら伊東道場に出向きまして、二度と手を出さぬよう談判して参りました」

「えっ。そうなのですか」

驚いたのは梶井の方であったが、吉右衛門は平然と口からでまかせを言った。

「夜半過ぎて帰って来られたので、昼間の騒ぎをお伝えしたら、今朝早く……私が余計なことを言ったばっかりに、うちの客人に何たることをと血相を変えましてな。道場に乗り込んで、エイヤッとばかりにやっつけました」

「でも、一体、これは……」

「酔っ払ったのは、ええ……相手の伊東道場の人と仲直りをしてですな、どうしてもと一献付き合ったら、つい……下戸なのに無理をしたようで……寝かせるのを手伝って下さいませぬか」

吉右衛門の話を聞いて、梶井は申し訳なさそうに謝りながら、一緒に和馬を抱えて、

奥座敷に運んだ。敷かれてある蒲団に寝かせると、梶井はまた頭を下げて、

「私が、このお屋敷に来たばかりに、こんなことに……」

と詫びると、吉右衛門は首を横に振り、

「それを言われては困ります。私がお連れしたのですから」

「申し訳ない。実は……いや、話したいことは沢山あるのだが、和馬様が目覚めてからに致しましょう」

梶井は何か思惑があるのか言葉を止め、また深々と頭を下げて、離れに戻った。

すっかり寝息を立てている和馬の顔を、まるで父親のような目で見てから、吉右衛門は隣室に行くと、千世が側《そば》まで来て、

「──本当は何があったのです」

と訊いた。

「え……何がでしょう」

ドキッとなって吉右衛門は、千世を振り向いた。

「私は和馬の伯母ですよ。血が繋がっているのです。かような酔い方をする子ではありません。あなたが側にいたのでしたら、なぜ止めることができなかったのです」

「あ、そういうことですか……」

「何だと思ったのです」

千世に何か勘づかれたかと思ったが、取り越し苦労であったと、吉右衛門は微笑《ほほえ》み、

「縁談のことならば、やはり目が覚めたときにお話しした方がよろしいでしょう。では、私はこれで……やらねばならないことがあるのですよ、色々と」

「何をです」

「壊れた薬缶《やかん》や鍋、割れた茶碗、バラバラになった算盤《そろばん》から、折れた筆に割れた硯《すずり》、他にもゼンマイ仕掛けの時計とかカラクリ人形なども ね、修繕してくれって頼まれてるのです」

「ああ、それで、あなたの部屋はガラクタばかりが……」

「ちょっと手先が器用なもので、何人かのを直したら、近所の長屋のおかみさんたちが、次々と持ち込んできて……終《しま》いには、大工の代わりに雨樋《あまどい》を直したり、植木職人のように剪定《せんてい》したり、老人を扱《こ》き使ってばかりなんですから、参ったもんです」

そう言いながらも、まんざらでもない顔で、吉右衛門は笑った。人に必要とされている喜びかもしれない。

「若殿のように、何か新しいことはできなくても、物事を修繕する力だけは、老人には残っているのかもしれませんなあ。あはは」

屈託のない吉右衛門を見ていると、千世も和《なご》んできたのか、ぽろりと本音を漏らした。自分はまだ老境には入っていないが、いずれ世の中からも家からも排除されるのではないかと不安だというのだ。

「千世様がそのような……まだまだ元気でいらっしゃる」

「いえ。役立たずなのです、加納の御家では」

「役立たず……そうは見えませぬが」

「正室の立場とはいえ、子宝に恵まれませんでした。なので、加納家の世嗣《よつぎ》は、有香《ゆか》里《り》という側室の子がなります」

「そうでしたか……」

「いいのです。それは、それで。御家が安泰ですからね。ですが、どうしても殿は、お子が可愛くなり、しぜんと情けも側室の方に向かう……」

悲しいというより切なげに口元を歪めたが、千世は健気《けなげ》に言った。

「加納家の行く末は安泰かと思いますが、やはり心配なのは、この高山家です」

「大丈夫ですよ。和馬様はまだ若い。いずれ三国一の花嫁を貰うことでしょう。とにかく思いやりが人一倍強い。正義感もある。だから、その和馬様に相応しい花嫁をね」

「だといいのですが、私が心配をしているのは、和馬はなんというか、優しすぎて、優しすぎるがゆえに、人に嫌われることがあるのです。幼い頃からそうでした」

実に心配そうに千世は遠い目になって、自分が面倒を見ていた頃の和馬を思い出していた。もう十何年も前のことだ。

ある虐《いじ》められている子供がいた。同じ旗本の跡取り息子だ。体が小さくて力も弱いから、町人の子供からも酷い目に遭わされていた。それを見た和馬は、虐められている子を庇いはしたが、相手を叩きのめそうとはしなかった。

「何故だと思います……私はその場を見ていたのですがね、てっきり腰の木刀でいじめっ子たちを痛めつけるのだと思いました」

「そうではなかった……」

「はい。おまえたちも虐める理由があるのだろう。なぜなのだ？　この子が虐められないようにするには、どうしたらよいと思うのだ、って訊いているのです」

「ほう。それは、なかなかの人物ですな」

吉右衛門は笑って、千世の話の続きを聞いた。

「ですが、いじめっ子たちは、何か深い考えがあって虐めているわけではありません。ただ弱いからとか、とろくさいからというだけで虐めてしまうのです」

「人間の性《さが》ですな」

「和馬は生得的に知っていたのか知らずか、いじめっ子たちに得々と言って聞かせたのです……『弱い者は助けなければならない。それは強い者の務めだ。貧しい者は救わねばならない。それは富める者の務めだ』と」

「なるほど、至言ですな」

「でも、そんなこと、いじめっ子たちが分かるはずもありません。逆に、弱いから虐められるんだよって、からかいます。そしたら、また和馬は、こう言います。『では、この子がおまえたちより強くなったら、おまえたちは虐められてもよいのだな』と問い返しました」

「それで……」

「そのときは、『おまえバカか』といじめっ子たちは、からかいながら立ち去りました。和馬は、その小さな子をうちに連れてきて、剣術や相撲などの鍛錬をし、沢山の稽古を付けてやりました」

その様子を時々、門の外からいじめっ子たちは覗いていたようだが、小馬鹿にしていただけだという。

「その子たちは数もいるし、体も大きい。努力は無駄だと思っていたのでしょうね。

でも、和馬も和馬だけれど、その子も一生懸命頑張りました。そして、ある時……」

「いよいよ、対決ですかな」

まるで講釈を聞いているかのように、吉右衛門は身を乗り出した。真顔で話していた千世にも、思わず力が入った。

「はい。和馬が仲介して、悪ガキどもと決闘をすることになりました。決戦関ヶ原でございますね。でも、敵は五人、こっちは、その子ひとり。和馬はあくまでも行司役でした」

いじめっ子たちは、いつものように小馬鹿にしながら突っかかってきた。その子は、何日も何ヶ月も鍛錬した腕を、今こそ発揮するときがきたのだ。

「——と思いきや、相手から攻撃を受けても反撃することはありませんでした。殴られたり蹴られたりしています。ところが、その子はなんというか、うまく受け流していて、大きな打撃は受けません」

「なるほど……」

「そうするうちに、相手の方が疲れてきてバカバカしくなったのか、『全然、強くなってないじゃねえか、このうすのろ！』と言いながら退散しました」

「負けるが勝ち、ですかな」

吉右衛門が笑いかけると、千世は頷きながらも、

「それもありましょう。が、別の日、性懲りもなく、いじめっ子たちは他の弱い子に目をつけて、悪戯《いたずら》をしてました。その小さな子は、それを目にしたとき……『相手なら、私がする。その子に関わるな』と言ったそうです」

「ほう。それは頼もしい」

「ええ……その子が止めにはいると、いじめっ子たちは『生意気な、やっちまえ』と小さい子をまたいたぶろうとしました。ところが、今度はエイヤッとみんなに木刀を浴びせたのです……」

「なるほど、人助けの剣を、和馬様はその子に教えていたのですな」

「はい。そういう和馬の考えや態度が、気に食わない者もいるのです。正論を言われて、ただ反発したくなる者が世の中にいる。おかしなことではありませんか」

「まさに、石が流れて木の葉が沈む――ですな」

吉右衛門はそう言いながら、和馬が子供の頃から、人としての正しい道を知っていたことに、改めて感服した。

「でも、そういう子に育ったのは、私の弟が清廉潔白な武士だったからです。先祖伝来の家訓を守っていたからです。弟のように、人として立派な和馬にしたのも……こ

の私なのでございます」

千世は茶目っ気に笑った。

結局、話は自分を誉めることかと吉右衛門は思ったが、その顔を見て、

「初めて笑いましたな。能面みたいだと思っていたのですが、笑うと愛嬌があって、とても美しゅうございますぞ」

と言うと、千世はすぐに顔を強張《こわば》らせた。

「何を……からこうて……おるのです。私は……和馬の話をしただけです」

「──私はね、人が努力し頑張っているのを、バカにする者が一番嫌いです」

「え……？」

「いじめっ子たちには、和馬様とその友達が一生懸命に鍛錬していた意味が、分からなかったのでしょう。叩きのめされても、気付かなかったかもしれませんな」

「そうですね……」

「同じように、人が誉めているのを、素直に受け止めないのも嫌いです」

「はあ？」

「素直に喜んで下さい。千世様の笑顔はとても美しい」

吉右衛門がそう言っても、千世は微笑みが洩れそうなのを我慢するように、必死に

唇を噛んでいた。その顔が、吉右衛門にはおかしくて、ガハハと笑ってしまった。

そのとき——。

「ごめん。高山和馬様はご在宅ですかな」

と朗々とした声がした。

性懲《しょうこ》りもなく、またぞろ仇討ちにでも来たのかなと、吉右衛門と千世は打ち揃って玄関に出た。すると、そこには、威厳のある顔つきの佐久間象山が立っていた。だが、ふたりとも、この人物をまだ知らない。

「どちら様でございますかな」

「和馬様は何もおっしゃっておらないので？」

「生憎《あいにく》、体調を崩しておりましてな」

「いや。昨日は、実に楽しい時を過ごすことができました。また一献、お付き合いしていただこうかなと」

手に下げていた酒徳利を掲げた。

「あらまあ。では、あなたでございますのね。うちの和馬を、あのように正体不明になるまで酔わせたのは」

千世の方が、厳しい声で責めるように言った。

意外な言葉が返ってきたが、佐久間は先刻、見た和馬の姿を思い出し、腑に落ちるものがあった。ただ、伊東道場から出てきたのが気になっていたのである。そのことを佐久間は伝えてから、

「あの道場には、荒くれ者も多ございますからな、何事もなくて、ようございました」

「え……？」

「何事かは、ありました……で、あなたはどなたでしょう？」

吉右衛門が聞き返すと、佐久間はサッと土間に座って、真顔になった。

「ご隠居。私に見覚えがありませぬかな……私は何処かで会った気がしてならなかったのですが、思い出したのです」

「何の真似ですかな」

「私は、お玉が池と信濃松代藩下屋敷にて、私塾を開いている、佐久間象山という者でございます」

「おお。佐久間象山、となﾞ」

「——思い出して下さいましたかッ」

「近頃、名はよう聞くが、こんな強面《こわもて》とは吃驚たまげた。いやいや、そうですか、あ

の佐久間象山先生ですか」

「覚えていて下さいましたか」

「初めて、お目にかかります。いやいや、こんな立派な酒を受けて酔うとは、和馬様はよほど〝心酔〟したのでしょうな、あはは」

惚《とぼ》けているのか本気なのか分からぬ吉右衛門の横顔を、千世も訝しげに見ていた。

第五話　生まれたからには

一

佐久間象山が訪ねてきたことを、吉右衛門は驚いていたが、千世の方は、

――誰、それ。

と知らなかった。それほど世の中に疎《うと》かったのだ。もっとも佐久間象山が日本を変えてしまうほどの大人物になるのは、まだ先のことである。千世が知らなくても仕方があるまい。

和馬はまだ二日酔いで寝ていたが、代わりに、すっかり居候となっている梶井周次郎が姿を現したときには、お互いに驚いた。

「これはこれは、梶井様……かような所で邂逅《かいこう》するとは、縁は異なものでござるな」

佐久間が声をかけると、梶井も信じられないという顔で、

「あ、いやいや……佐久間殿こそ、何故に高山家に……」

とお互いの無事を讃え合った。

和馬と偶然、出会ったことを話してから、佐久間は、改めて屋敷に上がると、吉右衛門と千世にもふたりの仲を話した。

佐久間が信濃松代藩の利用掛《りようがかり》となるのは、もう少し後のことで、郡《こおり》奉行の補佐役である郡中横目《ぐんちゆうよこめ》の身分であった。新たな田畑開墾はもとより、領内の鉱山や温泉を利用した殖産興業を担っていた。

特に、白根山《しらねさん》から採れる良質の硫黄《いおう》と、草津《くさつ》温泉に来る湯治客たちの膨大な糞尿を利用して作った硝石《しようせき》を合わせて、鉄砲や大砲に必要な火薬を作り出していた。

——クソが大爆破。

と佐久間本人は、ふざけていたが、糞尿から硝石を作るのは特に佐久間が発明したことではない。当時は、よく行われていた技術である。さらには薬草の栽培などを行い、領内の殖産興業に寄与していたのだった。

一方、梶井の方も、武蔵川越藩郡奉行下役として、領内の開墾や災害対策を担っていた。川越藩といえば、初代の酒井重忠《さかいしげただ》の頃から、代々、災害と闘ってきた。酒井忠《ただ》

勝《かつ》が藩主になったときには、三代将軍家光《いえみつ》の老中としても力量を発揮し、後に忍《おし》藩主の松平信綱《まつだいらのぶつな》が入封してからは、荒川《あらかわ》と入間川《いるまがわ》の合流や大囲堤《おおいづつみ》の築造、さらに玉川《たまがわ》上水《じょうすい》やその分水・野火止《のびどめ》用水の完成、新河岸川《しんがしがわ》の水運の整備など、数々の開墾事業を行ってきた。

その伝統を受け、五代将軍綱吉の側用人を務めた柳沢吉保《やなぎさわよしやす》が、城主として入ってからも武蔵野《むさしの》の開発は続き、天保の当代・松平斉典《なりつね》の治世になっても財政再建や農村復興が着実に行われていた。

梶井はこの藩主のもとで働いていたのだが、直属の上司である郡奉行・若宮五郎兵衛《わかみやごろべえ》の不正などを告発し、百姓の窮状を訴えたのである。いわば、江戸の上流ともいえる荒川などは、いくら普請を重ねても洪水が起こり、田畑は何年も使えないことになる。

そこで、天保の大飢饉《だいききん》と相《あい》まって困窮民に対する救恤《きゅうじゅつ》策として、藩は御救米を配付したりしたが、郡奉行は農民の隠し米だと称して、取り上げて処罰するという暴挙に出た。

対抗して、百姓たちは郡奉行に与《くみ》する豪農に対して打ち壊しをしたり、中山道《なかせんどう》の伝《てん》馬《ま》問屋などを急襲したりして、大騒動となった。その首謀者が梶井とされ、郡奉行が捕らえて処刑しようとしたのだ。が、逆に梶井は郡奉行を斬り捨てて、その悪行を暴いた。

にも拘《かか》わらず、上意討ちでないということで、藩から追われる身となったのである。つまり、主君の命《めい》を受けて罪人を討ったのではなく、私怨による殺人と判断されたのである。

理不尽極まりないが、梶井は妻子とともに逃れた。妻子は遠く越後《えちご》の親類を頼らせたが、梶井自身は、思うところがあって、江戸に潜伏していたのである。

佐久間と梶井が出会ったのは、違う藩とはいえ、同じ郡奉行配下として働いていた頃であった。数年前に佐久間が、佐藤一斎に入門したときに、梶井もいたのである。

佐藤一斎は、美濃《みの》国岩村《いわむら》藩の代々、家老を務める家に生まれたが、藩主の三男が幕府の儒家である林《りん》家に養子に入ったのに従い、近習として随行した。その後、昌平坂《しょうへいざか》学問所に入門して、学者としての頭角を現し、儒官となったのである。

門弟三千人といわれ、佐久間象山をはじめ、渡辺崋山《わたなべかざん》、横井小楠《よこいしょうなん》、山田方谷《やまだほうこく》、若山勿堂《わかやまぶつどう》など幕末の俊英が大勢輩出されたが、梶井は小石川《こいしかわ》の私邸に内弟子として身を寄せていたのだ。川越藩にいた頃、昵懇《じっこん》だった儒者の保岡嶺南《やすおかれいなん》の紹介によるものだった。

「そうでしたか、保岡様もお元気ですか」

懐かしそうに佐久間は尋ねた。

「保岡は俺よりひとつ年下だが、若い頃から藩で一番の秀才でな。本当は医者になりたかったのだが、藩の講学所で儒学を教えていた……生い立ちは可哀想《かわいそう》な身だったから、人一倍、慈悲が強いのだ」

「では、ご健在なのですね」

「それどころか、今は上浜町《かみはまちょう》の川越藩上屋敷詰めになっておる。下屋敷はここから近い本所菊川町《きくかわちょう》にあるが、迷惑がかかってはならぬので、会ってはおらぬ」

「そうでしたか……保岡様や梶井様のような逸材が、これからの日本を作っていくのです。どうか、今後とも宜しくお願い致します」

佐久間象山といえば、鼻持ちならぬほど不遜な人間で、藩主や家老に対しても無礼な態度を取ったという噂だ。事実、閉門という厳しい沙汰を下されたこともあるが、

——逆命利君《ぎゃくめいりくん》。

だと居直っていた。

君主のためなら、あえて苦言を呈するという和馬と同じような考えである。むろん、梶井もそのつもりで、郡奉行の不正を暴き、藩政の間違いを指摘したのだが、不敬な

輩《やから》ということで、逆賊にされてしまったのだ。

その梶井の手を握り、佐久間は再会の杯を交わそうと、持参した酒をそのまま持ち帰って飲もうと言い出した。

「隣の伊東道場の者たちは、いつまた梶井さんを狙ってくるか分かりませんよ」

吉右衛門が声をかけると、佐久間は藩邸だから安心だと言った。

「たしかに、そうですが……」

珍しく曖昧な言い方になった吉右衛門だが、大塩平八郎と同じような打ち壊しをしようとしている——という伊東の声がまだ耳に残っていたのだ。余計な心配かもしれぬが、佐久間もまた梶井を狙っているのではないか。それゆえ、連れ去ろうとしているのではないかと、吉右衛門は勘繰《かんぐ》ったのだ。

その思いを察したのか、梶井は佐久間のことを信頼できる人物だと言ってから、

「実は……和馬様には断りもなく、かの深川の復興計画の書類を読みました……川越にて、そのような仕事に長年、従事していたから分かるのですが、見事なものです」

「本当ですか」

千世の方が興味深げに聞き返した。

「はい。深川は埋め立て地ですから、長年かけて少しずつ地盤沈下をしてきたのです

な。それゆえ、潮位が高くなったときに嵐がきたり、大川に大量の雨水が流れてくれば、水害になりやすいのです」

「でしょうね……それを改善すると、和馬は書いているのですか」

「ええ。小普請組といえば、無役の旗本や御家人のことをいうそうですが、それどころか普請については、いつどうやって学んだのかと思うほど、詳細に書かれております」

今の地面の上にさらに盛り土するのだが、その前に、沢山《たくさん》の杭《くい》を枡目《ますめ》状に地中に埋め込み、そこに石を詰め込む。その上から粘土を流し入れて、砂利で固める。海辺や大川の土手は、石塁《せきるい》を立てて内側は土で固め、水位が高くなっても住居地への浸水を防ぐ。

「このような方策は、特に目新しいことではありませぬ。古来、築城などで、黒鍬者《くろくわもの》らが使っていたものです」

黒鍬者とは、戦国時代の築城や開墾、道の普請などをした集団で、泰平の世になっても、江戸城内の城番をしながら、作事や防火などに従事するだけではなく、関八州《かんはっしゅう》の河川の普請や新田の開発においても、その技術を発揮している。

「和馬様は、書類によると……ここわずか二、三か月の間に、深川周辺の河川と堀川の浚渫《しゅんせつ》や清浄などを町奉行所に行わせ、江戸市中の修繕すべき所をすべて洗い出し、小普請組の仕事を増やすと同時に、御雇い番小屋によって多くの人々に職を与えた。さらに、防災と復興というふたつの組織を、小普請組の中に作った上で幕閣に働きかけ、〝お救い奉行〟という、災害に強い役所を設けることにも尽力してきた」

「――のようですなあ……」

佐久間も酒を酌み交わしながら、その話を聞いたと深く感服した。

「当家の和馬様はまだ二十五歳の若殿。さっき話した、保岡嶺南のように若くして、才覚を発揮している」

「そうなんですか……いつ来ても、ごろごろ寝てばっかりでしたけどね」

千世は違う人の話ではないか、とさえ言った。

「だから、私の顔を見たくなくて厠《かわや》や蔵に隠れたんです。小言が嫌でしてね」

梶井が話したようなことを実践したとは、とても信じられないと言った千世のことを、すかさず梶井は、佐久間に紹介した。

「伯母上様は、武蔵浅川藩の藩主・加納丹波守のご正室であられる。このご実家には、特に許しを得て、時折、帰って来られておるとか……浅川藩は、私が仕えていた川越藩とも、玉川水路などを含め土木普請だけではなく、政事《まつりごと》や祭事などを通じて、深い繋がりがあります」

「さようでしたか……これは、失礼をば致しました」

驚いた佐久間は、深々と礼をした。

「そんなことより、皆様方……うちの甥《おい》っ子は、人に要らぬ世話というか、身の丈《たけ》を知らぬ喜捨《きしゃ》ばかりしておったようですが、さような善行もしていたのですねえ」

千世が戸惑ったように訊くと、佐久間は大きく頷きながら、

「困っている人たちに金や物を恵みたいという純な思いと、世の中を良くしたいという願いは、同じだと思いますぞ。私もできることなら、大いに尽力したい。ですよね、梶井様。今日は、和馬様も交えて、大いに天下を論じようではありませぬか」

と熱心に誘うのであった。

物事が転がるときは、人と人も不思議な出会いをするものである。

吉右衛門は自分よりも遥かに若い人たちが、人々の暮らしに気を配り、国の行く末を案じている姿に、清々《すがすが》しさすら感じていた。その思いは、千世も同じであった。

二

北町奉行所・桔梗の間では、不機嫌な顔の遠山左衛門尉景元が、小普請組支配の大久保兵部を前にして、

「これは、できぬことでござる」

と書面を突っ返した。

「繰り返しますがな、大久保殿……本所・深川は、町奉行支配でござる。町奉行は町政を担う立場であり、すべて町人のためにある役職だと思うておりまする」

「それには異論はございませぬ」

「ならば、諦めて下され。身共《みども》も計画の練り直しを、丁寧にしたいと存じますれば」

「しかしですな。深川の佐賀町や黒江町などの一帯に、日本橋からもすみやかに訪れることができる、江戸で一番の繁華な町を作ることを決めたのは、老中・若年寄ら幕府重職ではございませぬか」

「さようですが？」

「幕閣が決めたことを、いくら名奉行の誉れの高い遠山様であっても、中止にするな

「上様が、やめろと申されておる」

「えっ……上様が……まことですか……」

大久保は信じられぬと首を横に振った。当代の将軍・徳川家慶《いえよし》は先の将軍・家斉《いえなり》の次男だが、長兄の竹千代《たけちよ》君が早世《そうせい》したために、四十五歳という年で将軍に就いた。

家斉は、金権政治の権化であった田沼意次《たぬまおきつぐ》を罷免し、松平定信《さだのぶ》を登用して〝寛政《かんせい》の改革〟など善政をする一方で、大奥に籠もりきりなど、毀誉褒貶《きよほうへん》の多い将軍だった。

将軍の地位も五十年という長さだったせいか、奢侈《しゃし》に溺れていた。その反動で、家慶は贅沢《ぜいたく》の取り締まりと、緊縮財政策を施していた。

しかし、老中首座として重用している水野忠邦《みずのただくに》による〝天保の改革〟も、全国的な飢饉と重なり、成功とは言い難かった。むしろ、不景気が加速し、庶民にはお上への不満が溜まる。そうなれば、お上の方も今でいう〝言論統制〟などが始まったのである。

それが〝蛮社《ばんしゃ》の獄《ごく》〟などとして表れた。蛮社とは、洋学を学ぶ集団という意味で、国学者らが蔑《さげす》みを込めて、そう呼んでいた。

洋学者への弾圧は、もうひとりの町奉行・鳥居《とりい》甲斐守《かいのかみ》燿蔵《ようぞう》が率先して取り組んでいた。鳥居燿蔵は、官学林家の中興の祖と言われた林述斎《はやしじゅっさい》の三男である。

つまり祖父は美濃岩村藩・藩主の松平乗蘊《のりもり》、曾祖父《そうそふ》は享保の改革を推進した老中・松平乗邑《のりさと》という幕府中枢に関わる家系である。当人も国学の造詣が深かったが、なにより世の中の秩序を乱す者たちには、容赦なかった。

ゆえに、庶民の暮らしぶりなど世情に通じていた遠山とは、町政に関しては対立することが多かった。

「南町奉行の鳥居燿蔵様は、如何《いかが》申されておりますか」

大久保は探りを入れるように訊いてみた。遠山はほんのわずか眉間《みけん》に皺《しわ》を寄せたが、冷静な言葉つきで、

「此度《こたび》の本所・深川については、身共が全権を負っておる。何のご懸念もござらぬ」

「――さようですか……そこまで断言されるのでしたら、もはや身共からは何も申しませぬ。ですが……」

眼光をギラリと光らせて、大久保ははっきりと言った。

「若年寄の越智能登守様は如何、おっしゃるか……そもそも此度の一件は、越智様の発案であられ、微力ながら小普請組支配として、身共も人足や物資の調達などを任されております」

「重々、承知しております」

「そのことを、お忘れなきよう……」

大久保は軽く一礼すると、部屋から立ち去った。北町奉行所の表門を出ると、振り返り様、口の中で、

――身の程知らずよのう、遠山も……。

と呟いた。

その足で、半蔵門外にある若年寄・越智能登守の屋敷に出向いた。さすが五万石の大名だけあって、表門の両側には番小屋があり、中の屋敷が見えないほどの立派な塀で取り囲まれていた。

会うなり越智もまた不機嫌な態度で、大久保を叱責した。

「遠山如きを説得できずになんとする。さようなことでは、おぬしを町奉行職に推挙できぬぞ。遠山を引きずり下ろせ」

よほど遠山のことが嫌いなのであろう。さすが、水野忠邦と昵懇だけのことはある。ふたりとも、正義感を振りかざす遠山のことを遠ざけ、幕閣に忖度《そんたく》ばかりする鳥居のことを重用している。

恰幅の良さでは、幕閣随一で、老中首座の水野忠邦ですら、小者に見えてしまうほ

どだ。もっとも、水野は小柄ながら知性に溢れており、押し出しの強い越智とは違う人柄だ。

「しかし、越智様……ご存じのとおり、遠山はなかなか頑固でして……」

「頑固者の言うことが通れば、理《り》が引っ込んでしまうではないか」

「はあ……」

「ほんに、おまえは使いものにならぬのう。だから、いつまでたっても小普請組支配なのだ。小普請組に幕府の政事ができるか。己が才覚を発揮するには、奉行職に就くしかないのだ」

「はい。分かっております。ですから……」

ふだん組頭の坂下や和馬たちに偉そうに言っている大久保の姿はない。優柔不断な情けない姿でしかなかった。大久保が子供のようにモジモジしていると、

――ゴホン。

と咳払いがあって、襖が開いた。

そこから表れたのは、なんと南町奉行の鳥居燿蔵だった。

薄暗かったせいもあって、思わず大久保はのけぞった。さすが〝妖怪〟と綽名《あだな》されるだけあって、容貌魁偉《ようぼうかいい》で背筋が凍るような冷ややかな目つきをしていた。

「これは、鳥居様……いらしてたのですか」

大久保が声をかけると、鳥居は鼻白《はなじろ》んだ顔で、

「折角の好機なのですから、うまく立ち廻ったら如何ですかな」

と意味ありげに薄笑いを浮かべた。

「好機……」

「役人というのは、機を見るに敏《びん》でなければなりませぬ。目の前に大きな厄介事があれば、それが役人にとっては好機でござろう」

「あ、はい……」

鳥居は大久保の前に座ると、目の奥をギラギラさせて、

「何をためらっておられるのかな」

と睨みつけた。

「い、いえ。私はなにも……」

「世の中には、二通りの人間しかおりませぬ。ひとつは、世の中の役に立つ者。もうひとつは、役立たず……お分かりですな。貴殿も役立たずにならぬよう、心がけることです」

「……」

「中でも、最も役立たずは、世の中を乱す者です。主義主張はともかく、秩序紊乱《びんらん》を起こす輩は役立たずどころか、邪魔者に過ぎぬゆえ、排除せねばならぬ。であろう、大久保殿」

「――は、はい」

大久保が小さく頷くと、鳥居はまるで相手を催眠術にかけるかのように見据えた。

「本所・深川……殊に、永代橋と富岡八幡宮参道の間にある佐賀町、熊井町、堀川町辺りを芝居小屋や見世物小屋、茶屋など遊興の町にしたいのは、何も金儲けをしたいためではない。賭場を置いて、人々から金を巻き上げたいわけでもない……本当の狙いは、何だか分からぬか」

「え。本当の狙い……」

「九官鳥《きゅうかんちょう》じゃあるまいし、人の言葉を繰り返しなさいますな」

「…………」

「あの辺りには、信濃松代藩下屋敷がある。そこにて、佐久間象山なる洋学者が大砲術などをひっさげて、物騒な学問を教授しているのは、承知しておろう」

「え、そうなのですか……」

「世情に疎《うと》いのもまた、奉行職には向いておりませぬな」

皮肉を言って、鳥居は人の胸の奥を剔《えぐ》るような声で、

「奴は必ず、世の中を乱す。混乱させて、幕府を倒そうともするであろう。現に、東の大塩平八郎と目《もく》されている梶井周次郎なる者とは、昔馴染みだ。しかも……」

「しかも……」

「また鸚鵡返《おうむがえ》しですかな……貴殿の支配下にある高山和馬という若造も、それに与《くみ》している節がある」

「えっ、まさか……奴はたしかに繁華な町にするのには反対ですが、地震や水害に強い町に作り直して、これまでの人々が暮らせるようにと考えております。ですが、世の中を乱すなどと、さようなことは……」

まるで弁護をするように、大久保が話すと、鳥居は吐き捨てるような苦笑をして、

「貴殿も人がよろしいことだ……高山某は、謀反を画策している梶井周次郎を屋敷に留めており、佐久間象山とも接触しておる。それが何よりの証拠ではござらぬか」

「そ、そうなのですか……！」

大久保は驚きを隠せなかった。小普請組支配とはいえ、ふつうの役職のように上下関係があるわけでもなく、実質の管理者でもない。ゆえに、屋敷を空けて旅に出たりするときに届け出る以外、ふだん何をしているかは承知していないのだ。

「間違いのないことなのですか……」

恐る恐る聞き返す大久保に、鳥居は厳しい顔で頷いた。

「身共の密偵は町中に散らばっております。信濃松代藩の隣に伊東道場を置いてあるのも、佐久間を見張るため。お玉が池の塾の近くに、北辰一刀流道場を置いてあるのも、動きを探るため」

「そ、そうでしたか……」

「これで、本当の狙いは分かりましたな……あの一帯を開発するのは、佐久間を慕って集まる馬鹿者たちを排除するため、そして摘発して処刑するためだ」

ぞっとするような目で、鳥居は言った。

「大久保殿。貴殿がまずやることは、手下である高山和馬を、どうにかすることだ」

「どうにかする、とは……」

「また九官鳥になったかな……自分で考えられよ。ただ不思議なのは……高山の屋敷に、妙な老人が住み着いていることだ。そやつは、一体、何者なのか」

「――吉右衛門……というご隠居のことですかな」

「知っておるのか」

今度は越智能登守が声をかけた。

「ええ、まあ……なんとなく……用人として雇っているようではありますが、組頭の坂下に篤《とく》と調べさせましょう」

「うむ。そやつも世の秩序を紊乱する奴ならば、構わぬ……おまえの手で始末せい」

「あ、それは……ああ、はい……」

弱々しい返事をして、大久保は深々と頭を下げざるを得なかった。

三

「ええ……越中富山《とやま》の置き薬……いらんかあ……越中富山の置き薬……越中富山の置き薬だよ。風邪《かぜ》がはやってるから、気をつけましょう。ええ、越中富山の……」

可愛らしい声だと思ったら、大きな荷物を背負って歩いているのは、まだ十一、二歳の小僧であった。

置き薬とは名乗っているが、どこぞの薬種問屋の出商《であきな》いであろう。富山から届いた薬は偽りではないが、江戸市中の隅々まで届けるために、行商まがいのことをしている子は多いのだ。これも、親の稼ぎを補うためにやっているのであろう。

高山家の門前を通りかかったが、武家屋敷にしては開けっ放しにしているので、小僧は驚いた。中では、「せいや」「よいしょ」「どっこい」「せいや」「こらしょ」などと軽快な声が飛び交っている。

こっそり中に入ってみると、中庭は大勢の町人たちが詰めかけて、餅つきをしている。大きめの臼《うす》に向かって、力自慢らしき職人風が杵《きね》を落とし、姉さん被りのおばさんたちが、手際よく湯気の立つ白い餅をひっくり返している。

座敷からは、和馬と千世も微笑《ほほえ》みながら、その様子を見ており、庭には、いつぞやの大工棟梁・角蔵や太助もいた。

──ぐうっ……。

でかい音で腹が鳴った小僧に気付いた角蔵が、こっちへ来いと手招きをした。行ってみると、縁側には、つきたて餅がずらりと並んでいる。思わず生唾を飲み込んだ小僧に、角蔵が声をかけた。

「さあ食え、食え。子供が遠慮するもんじゃねえ」

間もなく正月だから沢山の餅をついて、日頃世話になった人たちに配ろうという和馬の意向を受けて、近所の人が集まって、せっせと作っているのだった。

小僧はそっと手を差し出して餅を手に取ると、まだ熱いのか鞠《まり》のように掌《てのひら》で転がしながら、ふうふうと息を吹きかけた。そして、おもむろに口に含んで、気持ちよいくらい伸ばして千切って食べた。

「ふわあ……こりゃ、温かくてうめえや……たまらんなあ……もぐもぐ」

続けざまに二、三個、口に押し込むので、喉《のど》が詰まりそうになった。それを見ていたおばさんが背中を叩きながら、

「あらまあ。まるで何日も食べてないみたいに……危ないよ、そんなに無理しちゃ」

と宥《なだ》めると、小僧は涙目になって言った。

「だって、ぜんぶ売れるまで帰ってくるなって主人に命じられてて……これで帰ったら折檻《せっかん》されて、ご飯も抜きだから……」

「そりゃ酷い扱いだねえ」

おばさんは背中の薬箱を下ろしてやり、中を覗くと、まだけっこう残っている。すると、奥から和馬が出てきて、話を聞いていたのか、いつものように、

「その薬はすべて置いていけ。幾らになる」

と声をかけた。

「ぜ、ぜんぶ……ですか」

「ああ、そうだ。一両あれば足りるか」

小判を差し出した。小僧は吃驚《びっくり》したが、まさに喉から手が出るほど欲しそうだった。

和馬は手に握らせてやり、

「好きなだけ、餅を食って帰るがよい」

「あ、ありがとうございます」

袖で涙を拭きながら、小僧は感謝の言葉を述べた。

「なに、俺は買ったのだ。恵んだのではないから、泣くことはなかろう」

「本当に、ありがとうございます」

小僧は深々と頭を下げると、空《から》になった薬箱をまた背負って、門から出ていった。

そのとたん、ペロッと舌を出して、

「噂どおり、本当にちょろいなあ……」

と呟いた。

その時、一方から来た武家娘とぶつかりそうになった。武家娘は「おや？」と顔を見ると、小僧はまずい所で会ったとばかりに、そそくさと立ち去った。それを見送っていたが、気を取り直したように、

「御免下さいまし」

と声をかけた。だが、返事がない。

ざわざわとしていて聞こえないのかと思い、武家娘が中庭の方へ足を進めると、縁

台に立っていた和馬が振り返って、アッと石像のように突っ立った。

「あの……」

町人たちからも一瞬、ざわつきが止まった。

誰もが息を呑むほど、美しい娘だったのだ。浮世絵から出てきたようなという譬《たと》えは、この娘にあるのではないかと思われた。まさに餅のような白い肌で、鼻筋が通って、艶《つや》やかな口元、なにより目がきらきらと輝いて、観音様のようであった。

「――ど、どちら様でしょうか……」

珍しく和馬の声も緊張で震えていた。

「はい。わたくし、一橋家の娘で、志乃《しの》と申します。実は、人を探しておりまして」

「ひ、一橋家って、あの御三卿の一橋様でございまする……でござるか」

「はい。下屋敷はここからでしたら、大横川を渡って、大横川沿いに歩いて十万坪の手前にあります」

「そんなお姫《ひい》様がおひとりで……」

「その辺に見張りはいるでしょうけど」

志乃はくったくなく答えた。

竪川、小名木川、仙台堀川と交差し、横十間川を合わせるのが大横川だが、すぐ近場であることは承知している。下屋敷といっても、猿江の材木置き場よりも広い。旗本二百石の屋敷など、厠くらいにしかならぬであろう。それほど大屋敷だ。

しかも、上屋敷は江戸城、一橋御門内にある。石高でいえば十万石相当の大名並みに過ぎないが、御三家と並んで将軍を出せる御一門であり、先の将軍・家斉と今の将軍・家慶は一橋家の出である。

つまり、目の前にいるのは、十一代将軍・家斉の弟の孫娘、ということになる。和馬にとっては雲上人。庶民にとっては、極楽浄土にいる仏様のようなものだ。

「そのような御方が、何故に……」

「実は……爺《じい》やが、もう何ヶ月も行方知れずでして……俳諧《はいかい》が好きで、芭蕉《ばしょう》の真似事をして時折、旅に出るのですが、立ち寄るはずの所に来ていないとの報せがあり、探していたのでございます」

「爺や……」

「はい。一橋家の家老職にあった建部吉之介《たてべきちのすけ》という者で、私が幼い頃からの教育係でありました。その者は、みちのく旅に出たのではなく、この辺りをうろうろしており、御家に逗留しているご隠居ではと人づてに聞いて参ったのです」

風貌や背丈、物腰や話す様子など伝え、志乃が自ら描いたという人相書を見せた。

「あっ――」

和馬のみならず、千世も、集まっていた町人たちも目を丸くして、

「これは、吉右衛門さんではないか！」

と声を揃えて言った。

「えっ。やはり、そうなのですね。会わせて下さいまし。本当に案じてたのです。あ、よかった……何処《どこ》かで行き倒れになっているのかと思っていたので……」

志乃は安堵して、へなへなと座り込んでしまった。とっさに手を差し伸べた和馬は、座敷に支え上げた。

「今は、たまさか出かけておりましてな。すぐに使いをやりますので、お待ち下さい」

「いないのですか……」

「ええ。佐久間象山先生と梶井周次郎とも、なんだか縁があるとかで、信濃松代藩まで出向いておりましてな」

「あの佐久間象山先生……」

「ご存じですか。なぜか、佐久間先生も吉右衛門のこと……あ、いえ、吉之介様のことを、知っていると申しましてね」

不思議な縁があるものだと、和馬はその顚末も説明した。佐久間象山の師匠である佐藤一斎は、梶井周次郎の師でもあったのだが、その小石川の屋敷に、吉右衛門も出入りをしていたかもしれないというのだ。

「ええ、ええ。爺やは、佐藤一斎先生とは昌平坂学問所からのお仲間でした。佐藤先生が塾長になってからも、時折、出向いては楽しそうに、飲み語っていました」

「そうなのですか……！」

和馬は驚きを隠せなかった。用人どころか、小間使いにしたことに赤面した。が、志乃は気にもかけないで続けた。

「佐藤先生はお弟子さんの渡辺崋山様が、かの〝蛮社の獄〟で窮地に陥った折に、身を挺して庇うどころか、態度が曖昧だったので、爺やはとても怒っておりました。なんたることか、幕府の顔色を窺《うかが》って、そんなに昌平黌《こう》の総長になりたいのかと」

「――そんなことが……」

「ご存じのとおり、佐藤先生は今も昌平黌を任されて、ご健在でございますが、爺やはすっかり足が遠のきました……だから、まるで世捨て人のように俳諧や茶道に没頭し、ときに気儘《きまま》旅に出かけているのです」

その話を聞いて、千世が声をかけた。

「なるほど……いえね、不思議なご隠居だとは思っていたのです。お茶の点《た》て方も素晴らしく、心が洗われました」

「はい。爺やの茶は人を癒します。俳句の方は、駄作が多いですけどね」

「──失礼を致しました。私、当家の主・高山和馬の伯母で、千世と申します。これを縁に、どうかお見知りおきのほどを」

千世はそう言ってから、和馬の脇をツンツンと突いた。だが、和馬はエッという顔をしているだけだった。

「和馬はまだ独り身でございましてね、早く嫁を貰って、跡取りを……と申しつけておるのですが、私が持ってくる縁談は悉《ことごと》く断りましてね……ようやく分かりました」

「何がでございますか」

志乃が聞き返すと、千世は今まで見せたことのない満面の笑顔で言った。

「こうして、ふたりが出会うことを神様はご存じだったのですね。吉右衛門さんは、あのご隠居さんは縁結びの神様、まさに福の神だったのですねえ」

「こ、これ、伯母上……！」

狼狽する和馬を見て、志乃はうふふと袖を口にあてがって笑った。

「そうですね。縁は異なものと申しますものね。爺やを預かってくれていて、心から感謝致します。本当にありがとうございます」

志乃はしばらく千世と談笑したが、吉右衛門を迎えに行って、一橋家下屋敷に無事にお届けすると、和馬は約束をするのだった。

「ところで、これですが……」

縁台にある薬の山を指して、志乃が訊いた。

「もしかして、ちょろ吉から買ったのでしょうかしら」

「ちょろ吉……」

「先程、ここに入る前に、門のところで会ったものですから。あちこち、ちょろちょろしているから、ちょろ吉と呼ばれてますが、本当の名前は知りません」

「ええ。あの子が何か？」

「きっと、〝泣き売《ばい》〟に引っかかったのではと思いますよ。薬は本物ですが、売れ残ったら折檻だと、泣いて同情させて買わせるのが常套《じょうとう》手段なのです」

志乃がそう説明すると、和馬は特に驚きもせず、

「さもありなんです。そうするしか、生きる術《すべ》がないのでしょう。でも、今度、見かけたら、人を騙《だま》すよりも、学問をしなさいと説いておきます。貧しさから脱却するの

は、学問しかありませんから」

と当たり前のように言った。

穏やかに話す和馬の顔を、志乃は眩《まぶ》しそうに見ていた。

四

和馬は使いを出したが帰ってこないので、自ら信濃松代藩下屋敷まで行った。

三人で真面目な議論をしているどころか、芸者を呼んでの乱痴気騒ぎをしていた。屋敷の外に聞こえるほどのハメの外しようである。佐久間も梶井も、高尚な学問を究《きわ》めたとは思えぬ醜《しゆう》態《たい》だった。

吉右衛門に至っては、捻りはちまきで腹を出して、ひょっとこ踊りの真似をしている。しかも、芸者に卑猥な言葉まで投げかけている。さすがに和馬も腹が立ってきた。

酒に飲まれるなとは言うが、そうではない。おそらく酒によって、人の本性が表れるだけであろう。つまり、吉右衛門とは、このような人間だということだ。

「――おい、吉右衛門……見損なったぞ」

険しい声を和馬がかけると、目がとろんとなった吉右衛門は、

「あいや、これは我が主君様。いやあ、佐久間様が出してくれた、南蛮渡りの赤い酒が美味《うま》くて美味くて、つい……今宵は月も丸く美しく、へへ、芸者の乳も丸く美しく、へへ、素晴らしい、ひっく……夜でござる」

「いい加減にしろ。こんな姿を、志乃さんに見せることができるのか」

「志乃さん……はて、どなたですかな」

「酔っ払って、それも分からぬのか。おまえが孫娘のように可愛がってる御方だ」

「御方……はて、御方とは、ひっく……」

吉右衛門がよろけると、梶井がしっかり受け止めて、

「そういえば、孫娘と参拝してた話をしてましたなあ……その折、拙者が伊東道場の奴らを蹴散らしたのを見たとか」

「え、そうでしたかな……年を取ると、一晩寝たら、昨日のことは忘れております……もっとも遠い昔のことは、不思議とよく覚えておりますがなあ」

「もうよい。さあ、帰るぞ」

和馬は吉右衛門の腕を摑んで、強引に屋敷から連れ出した。別れ際、「また明日」などと佐久間と梶井も声をかけていたが、もう二度と会うことはあるまいと和馬は返した。

肩を抱えてしばらく歩き、福島橋を渡って、富岡八幡宮の参道をまっすぐ歩いていると、吉右衛門がふいに、

「――何処へ参るのですかな。屋敷とは違う方角ですが」

と訊いた。

「おまえ……いや、あなたの本当の屋敷です……もう困らせないで下さい」

「本当の屋敷……はて……」

「俺は感謝している。あなたに色々なことに気付かせて貰ったからだ。不覚にも二日酔いになったから、俺も偉そうには言えぬが、あの佐久間とは関わらぬ方がよい」

「何故でございます」

「よく分からぬ……いや、よく分からぬから、関わらぬ方がよい。御家のためにもな」

和馬が真顔で言うと、吉右衛門も酔いが覚めたかのように、しっかりとした声で、

「佐久間様も梶井様も、なかなかの人物でございます。和馬様の考えている復興計画を推し進めるために、尽力すると約束をしてくれましたぞ」

「ならば言う。在野の洋学者に頼むよりは、将軍家に直談判した方が、事は早く進むのではありませぬか」

「——将軍家に……」

「それができる立場にありながら、わざわざ俺のような下っ端の貧乏旗本を使わずとも、堂々とやって下され。さすれば、あの辺りを芝居小屋や賭場にしようなどと言っている幕閣を、押し黙らせることもできましょう」

「何を言っているのです。しかもその慇懃無礼《いんぎんぶれい》な物言いは……何がありました、若殿」

「若殿ではない……ふん、酔っ払っておるから、本当の主君と間違えたか」

和馬が投げやりに言ったとき、吉右衛門はその肩をぐいっと摑んで、

「気をつけなされ。尾《つ》けられてますぞ……もっとも、相手が誰かは分かっておりますがね。和馬様、くれぐれもご用心を」

と言った。

周りを見廻したが、人影はない。酒で意識が混濁しているのかと、和馬は思った。長らく歩いて、一橋家の下屋敷の前に着いた。

「おや……ここは……」

「懐かしいであろう、吉右衛門……いや、吉之介様」

「……何の真似でございます」

「よいから、さあ、中へ……愚痴めいたことを言ったが、俺は楽しかった。酔いが覚めたら、また改めて会えるかもしれぬが、あまりにも身分が違いすぎる……志乃様にも、よしなにな」

声をかけると、潜《くぐ》り戸が内側から開いて、ずっと待っていたのか番人がふたり顔を出して、「これはこれは、ご無事でなにより」と言いながら丁寧な扱いで、吉右衛門を屋敷の中に招き入れた。

「ふむ。ちと寂しくなるが……ま、仕方があるまい……」

和馬はひとりごとを言って、大きな屋敷の塀沿いを歩いた。たしかに、吉右衛門が言っていたように、誰かに尾けられているような気配がする。

月が煌々《こうこう》と照って、やけに明るかった。

──月夜ばかりと思うなよ。

と誰かが呟いたような錯覚がした。

翌朝早く、越智能登守の屋敷に、鳥居が自ら訪ねてきた。登城前の慌ただしいときだけに、越智はやや不機嫌に対応した。

「何事だ。かような刻限に……」

「江戸城中では、お話しできぬことですので……申し訳ありませぬ」

「火急なことか」

「一刻も早く、お耳にだけでも入れておきたく」

「――なんだ」

「高山家に用人として仕えていた、吉右衛門という隠居の素性が分かりました……一橋家の元家老・建部吉之介でございます」

「なに、建部だと……まことか⁉」

よろっと体が傾いた越智は、俄《にわか》に険悪な表情に変わった。

「ご存じですか。名前は聞いたことがありますが、私は会ったことはございませぬ」

「曲者《くせもの》よ……建部家は代々、家老職にあったが、吉之介ならば、あれこれ公儀のことを探っても不思議ではあるまい……一橋治済《はるさだ》に小姓として仕え、家斉公が将軍になってからも、裏で支えた人物だ」

「そうでしたか……」

鳥居は唸って聞いていたが、納得できないように首を傾け、

「そのようなお方が、何故、たかが二百石の、しかも取り立てて優れてもおらぬ高山とやらに、肩入れしたのでございましょう」

「知らぬわ。そのことも、改めて調べて参れ。だが、油断するなよ。奴は佐藤一斎と昵懇だが、おぬしの〝蛮社の獄〟を機に、袂《たもと》を分かったとも聞いておる」

「……………」

「おぬしも承知しておろうが、御三家と御三卿はお互い仲が悪い。中でも、水戸《みと》家と一橋家は、犬猿の仲だ」

「はい……」

「いずれも国政には関わってはならぬ立場だが、あれこれとうるさく、水戸学《がく》とやらで国防を高める一方で、一橋家は将軍を輩出しておるゆえ、何かと勘違いをしておる……つまらぬことで、徳川家内部が紛争でも起こしたら、佐久間のような輩が、大いに騒いで付け込んでくる隙を与えることとなろう」

「分かりました、引き続き見張りをつけておきましょう。近頃は、遠山の動きも慌ただしくなってきましたので」

「そうせい。儂は儂で、城中にて探りを入れてみる」

玄関の前で待っている黒塗り駕籠《かご》に、越智が乗り込むのを、鳥居は見送った。

その日のうちに、鳥居は南町奉行所の隠密廻り同心に高山家の周辺を探らせ、密偵にもどのような小さなことでも報せろと放った。もちろん、永代橋東詰の開発反対派を封じ込めるためである。

そんな矢先——。

南町奉行所に、梶井周次郎がひとりで訪ねてきた。鳥居燿蔵に直《じか》に会いたいとのことだった。突然、敵対者が来たことに、鳥居は戸惑ったが、ここで追い帰せば、怖じ気づいたと思われるやもしれぬ。

鳥居は役所ではなく、役宅の方で会うことにした。あくまでも〝非公式〟であることの体裁を作るためであり、また何かあれば抹殺することもできるからだ。

梶井と会った一室の周りには、内与力の坂田《さかた》を始め、数人の家臣が控えていた。この者たちは町方役人ではなく、旗本鳥居家の家臣である。しかも、腕利きばかりだ。

〝蛮社の獄〟以来、不満分子が襲ってくることもあるから、警固は固くしている。

梶井は身許《みもと》を明らかにし、挨拶や前段はそこそこに、単刀直入に申し述べた。

「これは、いわば密告でござれば……篤とお聞き届け願いたい」

「何かな……」

人に恐怖を与えるほどの、ぎょろりとした目の鳥居だが、梶井はみじんたりとも怯《ひる》むことはなかった。

「信濃松代藩藩邸並びにお玉が池にて、洋学の塾を開いている佐久間象山のことでございまする。私は、〝蛮社の獄〟が起こってから、この二年ほど、奴の周辺を探っておりました。それゆえ、伊東道場の者たちにも勘違いされ、襲われたことがあります」

「…………」

「伊東道場は、鳥居様の息がかかっていることは百も承知です」

「佐久間象山とおぬしが旧知の仲であることは、こっちもとうに調べておる」

「おっしゃるとおり、同じ佐藤一斎先生の門弟です……佐藤一斎先生は、大学頭《だいがくのかみ》になった当初は、林述斎と名乗っておりました……ええ、鳥居様のご実父様と同じ名です」

「それが、なんだ」

「同じ学問を学んでも、鳥居様と佐藤先生は正反対の考えになるのだな……と思いましてね……」

皮肉めいて言う梶井を、鳥居は厄介そうに見ていた。

「釈迦《しゃか》に説法ではございますが、この国は危ういところまできております。私の考えでも、庶民の言動を押さえつけるなどというのは、以《もっ》ての外《ほか》です。為政者の悪口などを、人々が言ったことくらい、見逃すのが権力を持つ者の対応かと存じます」

梶井の話を聞いていた鳥居は、冷ややかな眼光のままで、

「くどい。用件を聞こう。密告とはなんだ」

「若年寄の越智能登守が、此度の永代橋東詰の復興再開発につき、莫大な賄賂《まいない》を普請請負問屋から受け取っております。その額は、一万両……復興のために、幕府が拠出する金のおよそ一割です」

「悪い冗談だ」

「その中から、あなた様もいただきますか」

「無礼者」

梶井は怯むことなく、鳥居を見据えて続けた。

「もし、鳥居様が、越智能登守の不正を暴くのであれば、ここに持参した裏金の証拠をお渡しします。すべてではなく、事前に支払われた分だけですが、充分、証拠になります」

「……………」

「これを公にして、評定所で暴けば、鳥居様は英雄になれましょう。単なる弾圧者ではなく、幕閣の不正を暴く正義の奉行だと」

鳥居は黙って聞いていた。

「もし、行わないのならば、佐久間象山が徒党を組んで、鳥居様も同じ穴の狢《むじな》だと標榜《ひょうぼう》して、越智能登守を暴きましょう。その手筈は整えております。信濃松代藩は、ご存じのとおり反骨精神の強かった、かの松平忠輝《ただてる》様が入封した藩。そして、徳川家とは宿敵であった真田家が今も引き継いでおり、かつては恩田木工《おんだもく》のような優れた家老を幾人も輩出しました……その家風が、佐久間象山のような開明的な人物を生んだのです」

「…………」

「佐久間は決して、徳川幕府に弓引く者ではありませぬ。〝モリソン号事件〟ではありませぬが、我が国は異国にいつ攻められるか分からない情勢なのです……そのモリソン号にしても、あれは日本人漂流民を帰しに来た商船に過ぎなかった。それを、砲撃してしまった……かようなバカげたことをしている時勢ではない。ましてや、復興の名を借りて、金を私腹しているときではありませぬぞ」

熱弁をふるうと、鳥居は深い溜息をついて言った。

「――さすがは、郡奉行を叩き斬った男よのう……だが、何故、俺に話した。北町の遠山に話した方が、すみやかに動くのではないか。奴は庶民の味方の名奉行ゆえな」

「遠山様が扱えば、あなた様も賄賂を受け取った側になります。それで、宜しいのですか。私は、そうならぬよう密告したのです」

「俺に越智様を裏切れ……と」

「裏切る。これは異な事を。鳥居様は仲間でしたか」

「その意味ではない。越智様には、町奉行になるにあたっても色々と骨を折って貰った。人というものは情けが大事だ」

「情け……貧しい者、弱い者への情けはありませなんだか……分かりました。無駄足でございました」

突き放すように梶井が立ち上がると、内与力の坂田らが一斉に取り囲んだ。役宅から出さぬという必殺の構えだ。だが、梶井は悠然と構えており、

「殺せるなら、殺すがいい。私が帰らないと、高山和馬がもっと凄い証拠を公にすることになっておる。奴は只者ではない。ふふ、私なんぞ、捨て駒に過ぎませんぞ」

と言われ、鳥居の頭に一瞬、一橋家の元家老・建部吉之介のことがチラッと浮かんだ。だが、怒りの勢いは止められぬ。

「――やれ」

鳥居が命じると、坂田たちは一斉に斬りかかった。

次の瞬間、坂田の手首が打ち砕かれ、他の者たちの肘《ひじ》や肩、膝《ひざ》などの腱《けん》が斬られた。

いずれも糸の切れた人形のように崩れた。微《かす》かに血飛沫《ちしぶき》が壁や床に散った。

まばたきもしていない間の出来事に、鳥居は腰を抜かして声も出なかった。

「御免……金を返して、刀を取り戻しておいて良かった。といっても、これは高山殿に借りた刀だがな。さすがは備前長船長光、切れ味は抜群だ」

梶井が血脂《ちあぶら》を拭った名刀を鞘に納めると、

「ま、待て……」

と鳥居は縋《すが》るように止めた。

その救いを求めるような顔を見て、梶井は裏帳簿を放り投げ、

「それをどうするか……見物させて貰おう」

と言って悠然と立ち去った。

五

江戸城辰之口《たつのくち》の評定所に、和馬が呼ばれたのは、その翌朝のことだった。評定所とは今でいう最高裁だが、当時は司法と行政が分立しておらず、老中や若年寄の諮問《しもん》機関としての役割が強かった。

大目付、目付、勘定奉行、町奉行、寺社奉行の五人によって評定が運営され、留役《とめやく》勘定や評定所書役、評定所番などの役人は、それぞれの奉行所から出向という形を取る。評定は完全な合議制で、基本的には満場一致での裁決となる。

評定所での議案は、三奉行が扱う事件のうち特に重要なもので、単独裁決が難しいもの。大名や旗本による越訴事案。遠国奉行による訴事。ふたつ以上の奉行の管轄を跨ぐ事件など、重要案件に限られる。

今般は、予《かね》てから、大名が訴えていた事案である。信濃松代藩藩主の真田幸貫《ゆきつら》が提出していたもので、藩士の佐久間象山が出向いた。佐久間は幸貫の子の教育係を務めたこともある。

事案は、藩邸のある永代橋東詰の新開拓についてのことだ。これに連動し、深川小《こ》松町《まつちよう》にある下屋敷を公儀に召し上げられることにつき、反対意見を提出していた。大名相手だから、当然、評定衆全員による〝五掛かり〟である。

議事進行は、鳥居燿蔵であった。町奉行はふたり、勘定奉行は四人、寺社奉行も四人いるが、交替で行われる。今月は鳥居が担当であった。そして、幕閣からは、若年寄・越智能登守が臨席している。

「さて——此度の案件は、先般の地震や洪水により甚大な被害を受けた地域のうち、富岡八幡宮参道に当たる、永代橋東詰めを復旧復興するために、新たな町に作り替えることに関し、異論が出ております。まずは、その理由を聞かせていただきとうござる」

鳥居は、訴人席に座している佐久間に声をかけた。

評定所も奉行所同様に白洲で執り行われ、畳敷き、板縁、砂利と三段に分かれているが、訴人や被疑者の身分によって座る場所が違う。今般は大名なので、評定衆と同じ畳敷きであり、襖を取っ払った若年寄は隣室にて成り行きを見物している。

「まずは、此度のような評議を開いていただき、深く感謝しておること、藩主・真田幸貫公に成り代わり、御礼申し上げます」

ふだんの佐久間の無頼な態度とは違い、きちんと裃《かみしも》で身を固めて、威儀を正している。立派な体軀がさらに大きく見えた。

「永代橋東詰め一帯を、如何なる町にするかということは、ご公儀が決めることであって、我が藩が口を挟むべきことではありませぬ。されど、芝居小屋や見世物小屋は両国橋西詰めや浅草などが栄えており、新たに作るべき必要があるのか、ましてや賭場を設けるなどということは違法で、暴挙であると意見として述べておきます」

「それは……藩主・幸貫様の意見か、そこもとの考えか」

鳥居が問いかけると、佐久間は堂々と、

「藩主の意見でございます。私も同感でございます」

と答えた。

「では、おっしゃるとおり、意見としてのみ受け取っておきましょう。深川の下屋敷が召し上げられることに反対をしておられるが、そもそも幕府の領地であり、貸与しているだけでござる。そして、代替として、本所菊川町辺りを提示しておりますが、そこが嫌だという理由が分かりませぬ」

「我が藩は国防につき、これまでも幕府に様々な意見を上申してきました。受け容れられたものと、そうでないものがありますが、かの深川一帯は、国防の〝本丸〟として必要不可欠な場所だと考えております」

「深川一帯を、国防の町にせよと」

「その前に、三浦《みうら》半島と房総《ぼうそう》半島を固めておき、異国の戦艦が江戸湾に入ることは屹《きっ》度《と》、止めなければなりませぬが、万が一に備えて、江戸城を守るための場所は、深川しかございませぬ。事実、幕府の御船手の御船蔵も大川に接する深川にございますれば」

「――であるからして、菊川町も似たような場所ではないか」

「まったく違います。戦《いくさ》でいえば、先鋒《せんぽう》であるべき隊を二段も三段も後ろに控えさせますでしょうか。ましてや、ここに芝居小屋などがあれば、いざというときに戦えませぬ」

「つまり……貴藩の意見としては、下屋敷云々《うんぬん》よりも、国防のための町にせよということであるのだな」

「そういうことです」

「しかし、信濃松代藩上屋敷は外桜田《そとさくらだ》新三橋内《しんみはしない》にあり、中屋敷は赤坂南部坂《あかさかなんぶざか》にある。下屋敷の場所が少し移るくらいのことで、異論というのは無理筋ではありませぬか」

鳥居が蒸し返すように言うと、佐久間は本来、気短い人間ゆえ、感情を表して、

「同じ話をするのは時の無駄です。下屋敷では、毎日のように、この国の行く末を案じて議論をし、真の国防について様々な考えを生み出しております。それは、ここにおられる幕府重職よりも真剣に！」

と語気を強めて、隣室の越智に目を移した。

その視線を受けて、越智は睨み返したが、佐久間も負けじと見据えたまま、

「どうしても、我が藩に立ち退けというのでしたら、戦《いくさ》になりますぞ」

と言った。

すると、越智は思わず腰を浮かして、

「なに。その言葉、聞き捨てならぬぞ。信濃松代藩は真田家とはいえ、藩主の幸貫様は、恐れ多くも八代将軍・吉宗公の曾孫《そうそん》、かの〝寛政の改革〟を断行した松平定信様のご長男ですぞ。失礼千万！」

「よくご存じで……だからこそ、言うております。吉宗公も松平定信様も、人材の登用こそが一番、重要なことだと」

「…………」

「越智様のように、己の懐《ふところ》を温めることしか考えぬ輩が、幕府を壊し、この国を危うくするのでござる」

「なんと！　この評定の場で、よくも……もう一度、申してみよ。成敗してくれる！」

激昂して脇差しに手をあてがった越智は、明らかに佐久間の挑発に乗った。誰の目にもそう見えた。佐久間は苦笑して、

「人というものは、本心を突かれると怒るものです……脇差しを抜けば、大変なことになりますぞ。江戸城中でありますれば」

と、からかうように言った。

「──越智様……」

首を横に振って鳥居が制すると、越智はフンと息を吐いて腰を落とした。

「それでは、小普請組の高山和馬殿に、此度の一件につき、お訊きする」

「はい。なんなりと」

「おぬしは、今般の話に出た界隈を、芝居街でも国防の町でもなく、元の町に戻せと小普請組支配の大久保殿に訴え出ておるが、その考えは変わらぬか」

「元通りではなく、災害に強い町にしたいと提案しております」

「それはそうであろうが、住人はそのままということだな」

「人々には何代にもわたって培《つちか》ってきた、その土地土地での暮らしがあります。愛着も深く、人と人の絆《きずな》も強い……それを守るのが、役人の務めであって、やれ国防だ、やれ金儲けだというのには、些《いささ》か違和感があります」

「どのような施策がされようとも、おぬしが予《かね》てより訴え続けてきた、小普請組が役に立つ時なのではないか」

「もちろんです。しかし……」

和馬も威儀を正して、ちらりと越智を見やってから、

「特定の御仁《ごじん》の懐を潤わせるための公儀普請であってはなりませぬ。町人が一番、望

むことをすることこそが、公儀の責務です」

　とキッパリと言った。

　睨みつけるように越智は見ていたが、今度は黙ってそっぽを向いただけだった。和馬は続けて、佐久間を見やり、

「佐久間様とは、梶井様も含めて、何度かお話をする機会がありましたが、私には正直言って、恐ろしゅうござる」

「恐ろしい……？」

「国防は当然のことでしょうが、わざわざ人の暮らしている所を排除してまで行うことはない。どうしても深川でというならば、さらに埋め立てるか、すでに江戸湾に浮かぶ塵芥の島などを利用すれば如何でしょうか」

　和馬の意見を聞いて、佐久間は膝を打って、

「さよう。もし、公儀がそこまでやってくれるのであれば、深川に拘《こだわ》らぬ。人が少ない、あるいはいない臨海一帯ならば、我が藩邸を移し、そこで国防を担《にな》ってもよい」

　と言った。

　明らかに新たな国防の町を作れと煽動しているようにも見えるが、佐久間の狙いはここにあった。和馬の求める災害に強い町と、国防の町の両方を備えることこそが大

事なのだと、佐久間は懸命に訴えた。

他の評定衆は、ふたりの意見はもっともだと言ったが、問題は人員と金の問題だった。

「それならば……我が藩主、真田幸貫公がいくらでも説明申し上げると、おっしゃっています。産物会所などを作り、藩政ならびに財政改革を断行した名君だということは、ご一同もご承知でござろう。国防についても、おそらく幕閣の誰にも負けぬ持論があります」

佐久間と和馬の意見を聞き、評定衆は深川の計画を見直す方に傾いていった。

すると、越智は憤懣やるかたない表情になって、思わず声を上げた。

「なんだ、貴様ら。永代橋東詰めの再開発については、老中首座・水野忠邦様の目玉政策なるぞ。しかも、幕閣はみな承知、評定所にもかけた案件ではないか。それを今更、中止とは、なんたる暴挙。すでに、動き出しているのだぞ。途中でやめれば、幕府財政の損失にもなるのだぞ」

必死に訴える越智は、議事進行役の鳥居に向かって、

「きちんと指揮を執れ。何を生ぬるいことをしておるのだ、おまえは」

と思わず叱りつけた。

衆目の前で誇りを傷つけられるのが、最も嫌な鳥居は、すぐさま反応した。

「深川には、尾張家や一橋家をはじめ、幕閣や大名の下屋敷がかなり点在しております。ゆえに、私も町奉行として、前々より、再開発について根廻しをしてきました」

「奉行として、当たり前のことだ」

「ですが、いずれも色よい返事はありませなんだ。その理由は……」

「なんだ」

「越智様……此度の普請請負問屋らが、あなたと深い関わりがあり、ただただ金儲けのための計画だと見抜いていたからです」

「──ば、ばかなことを……何を証拠に」

「昨日、お屋敷まで訪ねて、耳打ちしましたが、もう忘れましたか」

越智はドキリとなって、和馬を見た。だが、和馬の方は、何のことか分からず、首を傾《かし》げただけだった。

「すべては、明らかなんですな。ここは、越智様、ご意見を引っ込めた方が、よろしいかと存じまする。すでに、手にしているものまで返せ、とは申しません」

鳥居が意味深長なことを言うと、越智の表情がみるみるうちに変わって、

「おい、鳥居……そもそも、かの地が儲かると唆《そそのか》してきたのは、おまえではないか。

町奉行支配地で、どうにでもなる。新しい普請を行う大義名分だけあれば、なんでもよいのだ。バカな庶民が喜ぶ芝居小屋でも建てておけば、浮わついた奴らがやってくる。賭場を開けば、これまた金の余った商家のバカ旦那が、ほいほい金を捨てる。胴元の公儀は大儲けになるとな」

と恨みがましく言った。

だが、鳥居は冷ややかな目で反論した。

「さようなこと、申しましたかな」

「ふざけるな、鳥居。この期《ご》に及んで、儂を裏切る気か」

「裏切る？　そもそも越智様とは、相容《あいい》れられる考えなど少しもありませぬが」

「貴様、どういうつもりだ」

鳥居は仕方がないという顔になって、書類を差し出し、書役に渡して、評定衆に閲覧させた。一同の様子が俄に、ざわついた。越智は気がかりなようだったが、自分の所へ廻ってきたのを見て、

「あっ……！」

と悲痛な声を上げた。

昨日、梶井が鳥居に持参したものだ。

「如何ですかな、ご一同。若年寄ともあろう御仁が、かようなことをしていたとは……これだけで、例の一件は中止せざるを得ませぬ。如何でしょう。ご意見を賜りたい」

鳥居が尋ねると、評定衆は思い思いのことを丁寧に語ったが、越智の耳にはまったく入ってこなかった。

安堵したように微笑《ほほえ》み合う和馬と佐久間を見やった鳥居は、

「さてもさても……まさか一橋家のかの元御家老までも引っ張り出すとは、おぬしらは、なかなかの策士よのう」

と声をかけた。

だが、ふたりとも「何のことだ」という顔をしただけだった。

「惚《とぼ》けずともよい……いや、惚けて結構。この鳥居も、気をつけておかねばのう」

嫌味《いやみ》な顔つきになった鳥居を、和馬は首を傾げながら見ていた。

六

その後、すぐに〝お救い奉行〟から、新たな防災対策を実施するための具体策を提示してくれと、和馬は頼まれた。直ちに、小普請奉行支配の大久保と、組頭の坂下に伝え、事は一気に動き始めた。

反対していた鳥居がひっくり返ったので、南北町奉行が一丸《いちがん》となって事を進めれば、すべては好転するであろう。

面白いことに、越智能登守が失脚すると同時に、信濃松代藩主の真田幸貫が、老中に大抜擢された。水野忠邦の〝天保の改革〟に加担するとともに、海防係を命じられ、まさに国防担当老中となった。

すぐさま羽田《はねだ》沖に砲台を築き、蝦夷《えぞ》地にも同様の砲台を作った。また、新潟《にいがた》港を幕府直轄にして北方の国防にも拍車をかけ、自分の藩においても、大砲二百門、小銃三千挺を鋳造した。その技術は密かに、藩内で培っていたのであろう。

佐久間象山は、江川英龍から兵学を学び、江川秘伝の西洋流の砲術を習得して、師を超える洋式砲術家となり、国防に大いに貢献するようになる。

――時は動いた。

のである。

数日後、吉右衛門がひょっこりと高山家に現れた。一橋家の姫・志乃も一緒である。

ふたりとも、何が楽しいのか声を出して笑いながら、勝手知ったる座敷にまで上がってきた。

ぽつねんと座っていた和馬は、志乃の顔を見て、また突然、緊張して正座した。

「こ……この……この度は、色々と失礼をば致しました」

「いいえ、こちらこそ、すっかり勘違いをしまして、申し訳ありませんでした」

「勘違いどころか、お陰様をもちまして、その……越智能登守もびっくりで、深川も元どおり、いや、それ以上に良いところになると存じます。吉右衛門さん……いや、建部様におかれましても、ご尽力下さり、感謝しております、はい……」

精一杯話したら、また志乃と吉右衛門は顔を見合わせて大笑いした。

「ごめんなさいね。それが……」

志乃はまたぷっと噴き出しそうになるのを我慢して、

「吉右衛門さんは、私の爺や、建部吉之介とは別人だったのです」

「え……」

言っている意味がよく分からず、和馬はポカンとなった。

「お屋敷に連れ戻してくださったとき、門番や家臣たちがみんな爺やだと思いました。それほど、そっくりだったのです」

「そっくり……」

「はい。父上も『建部、よう帰った。だが、これからは供の者を連れて参れ。でないと、みなが心配する』と説教したくらいですから……それから、近習の者たちが、酔っ払っている爺やを風呂に入れたり、着替えさせたりして大変だったのですが……裸にしたとき、小姓が気付いたのです」

「なにをです」

「火傷《やけど》の痕《あと》がない……爺やは子供の頃、そのお父様《とうさま》の怒りをかって火鉢の湯をかけられたことがあるのです。それが背中一面にかかって、大火傷を負ったとか……その痕が還暦をとうに過ぎた年になっても、灰色の斑点となって残ってまして、私も幼児の頃、甘えて一緒にお風呂に入る度に、その話を聞かされておりました」

「…………」

「酔いが覚めて、篤と話を訊くと、まったくの別人で、こっちも勘違いをしていたので、お互い謝った次第です。ほんに、今、ここで見ても、そっくりでございます」

「世の中には、七人、同じ顔をした者がいるらしいですからな。がはは……その縁で、この吉右衛門は、一橋家で世話になり、いい思いをさせて貰い、貴重なひとときを過ごさせていただきましたぞ」

吉右衛門は大喜びである。

そう聞いても、和馬には俄に信じがたかった。あの鳥居燿蔵までもが、吉右衛門のことを、建部吉之介だと見抜いていたのだ。あの何事にも用意周到で、疑り深い鳥居が、間違いに気付かないはずがない。

――まさか、酔っ払った吉右衛門を、一橋家に連れていったことで、誤解されたのではあるまいな……。

と和馬が思ったとき、吉右衛門が「さもありなん」と心の中の声が聞こえたかのように答え、またニコリと笑った。

「そういう次第でございますので、和馬様。もし、おいやでなければ、また用人として、いえ、小間使いとして、ここに置いて貰えないでしょうか」

「あ、それは構わないが……」

和馬が答えに窮《きゅう》していると、志乃の方が小さく頭を下げて、

「どうぞ、よろしくお願い致します。吉右衛門さんがここにいたら、私、毎日でも通ってきたくなります」

「えっ……」

「だって、吉右衛門さん、面白いんですもの。爺やはね、どちらかというと、しんねりむっつりというか、生真面目というか……なのにどこか人として欠けているんです。

でも、吉右衛門さんは違う。一緒にいるだけで、なんか嬉しくなってしまう」

「――そこまでは……」

ないと和馬は首を横に振ってから、

「しかし、評定所では状況が一転し、その後の話もトントン拍子に進んだ。信濃松代藩の殿様が老中になられたのも、てっきり一橋様の後押しがあったからだと思ってました」

「何のお話ですか？　ほんと、吉右衛門さんは、我が藩邸で、みんなを和《なご》ませてくれていただけです……あ、それから、本物の爺やは、奥州棚倉《おうしゅうたなくら》藩に世話になっていると、丁度《ちょうど》、飛脚が来たんです」

志乃はそう付け足すと、和馬は珍しく懐疑的になって、

「本当ですか……」

「あら、和馬様って素直な人と吉右衛門さんから聞いておりましたが」

「――いや、ならば、吉右衛門……おまえは一体、誰なのだ」

和馬が訊いた。吉右衛門が笑って「はて、誰でしょう」と返すと、「ねえ」と志乃が受け止めた。その秘密めいたやりとりに、和馬が少々、苛《いら》つくと、にこり微笑みかけてから、志乃がはぐらかした。

「伯母上様は、おでかけですか」

「いや。上屋敷に帰りました。せいせいしてます」

「何かございましたの？」

「一応、藩主の正室ですからね。実は、ここにいた梶井周次郎という侍を、武蔵浅川藩で雇うことにしたのです。川越藩での実績を買われて、川越藩には藩主自らが直談判するとのことで」

和馬の話に、吉右衛門は大喜びで、

「それは、ようございました。やはり和馬様のもとに来る方々は、一角《ひとかど》の人物ばかりでございますな。ふはは」

と言うと、志乃は深々と頭を下げて、

「それでは、私はこれで、またお目もじ叶《かな》うことを願っております」

どちらにともなく言って帰っていった。その後ろ姿も華やいでいて、和馬はつい見惚《と》れてしまった。

このお嬢様の弟が、幕末に活躍するかの越前福井《えちぜんふくい》藩主・松平春嶽《しゆんがく》である。また、佐久間象山と隣り合っていた伊東道場は伊東甲子太郎《かしたろう》が引き継ぎ、門弟から新撰組《しんせんぐみ》に入った者も輩出する。その〝夜明け前〟に袖触れ合っていたということであろうか。

「――和馬様……大丈夫でございますか」

志乃を見送る和馬の目の前に、吉右衛門は手をかざした。

「え、ああ……」

「可愛らしいお嬢様でございますな。いや、まったく楚々《そそ》としておりますが、なかなか芯の強い女性《にょしょう》でございまするぞ。必ずや御家が栄えます。あのお嬢様を嫁に貰ったら如何でございましょう。そしたら、千世様も縁談を持ってこなくなる。顔を合わせなくて済みますぞ」

「そんな……家格が違いすぎる……向こうは将軍家、こっちは……」

「何をおっしゃる、和馬様」

吉右衛門はきつい口調で、こう述べた。

「世のために尽くせるだけの力量を持ちながら、自分のことを卑下して、ただ我が身さえ安穏ならば良いと考えている者は、残念であり、じれったくもあります……人として生まれたからには、万人に優れた人物となって、人を救おうという志を立て、人々のために心を砕くことこそ、一生の思い出とするだけの覚悟を持つべきでありまする」

「――凄いことを言うなあ、吉右衛門……」

「なに、これは斯波義将《しばよしゆき》という足利《あしかが》将軍家の補佐役が残した『竹馬抄《ちくばしょう》』というのに書かれていたものです。ガッハッハ。和馬様も旗本なのですから、いずれ立派な役職に就かれ、この国の形を変えるかもしれませぬな、ワハハ」

どこまで本気で言っているのか分からないが、和馬は妙に、吉右衛門のことが頼りになると感じた。一橋家の家老でなくて良かったとも思った。

「実はな、吉右衛門……俺は、遠山様の推挙もあって、ある役職にと誘われたのだが、断ってしまった。あ、伯母上には内緒だぞ」

「なぜでございます。勿体《もったい》ない」

「役人になったら、あまり意見や文句が言えない気がしてな、今しばらく、世の中を色々と見てからでもよいのではないか……そんな気がしてきた」

「和馬様の望みなら、それでよろしいのではありませんか？」

「そう思うか」

「はい」

「ああ、これでなんか安心した……ところで、おまえは誰なんだ」

「私は……私でございます」

吉右衛門が笑うと、つられて和馬も笑ってしまった。

江戸の平穏な昼下がり、何処かからまた、

「越中富山の薬はいらんか……ええ、越中富山の薬い……」

という子供の売り声が聞こえてきた。

「いつぞやの〝泣き売〟の小僧が来やがった。今日こそは……論語を聞かせてやる」

和馬は思わず立ち上がり、門の外へ駆け出していった。

荷船が行き交う堀川沿いには、大勢の出商いの人々の姿があり、あちこちではトンカンと槌音《つちおと》が聞こえ、何処からともなく木遣《きや》りの声も風とともに届いてくる。

陽射しは、天幕のように広がって、世の中の隅々まで照らしているように見えた。

今日も和馬は何も考えず、ただ人助けだけをしている。穏やかな目で見ている吉右衛門もまた、陽射しのように暖かかった。

時代小説
二見時代小説文庫

ご隠居《いんきょ》は福《ふく》の神《かみ》1

二〇一九年十一月二十五日　初版発行
二〇二四年　三　月二十五日　三版発行

著者　井川香四郎《いかわこうしろう》

発行所　株式会社　二見書房
〒一〇一-八四〇五
東京都千代田区神田三崎町二-一八-一一
電話　〇三-三五一五-二三一一［営業］
〇三-三五一五-二三一三［編集］
振替　〇〇一七〇-四-二六三九

印刷　株式会社　堀内印刷所
製本　株式会社　村上製本所

ISBN978-4-576-19176-8
https://www.futami.co.jp/